PARTI ANN HAF

Parti
Ann Haf

Meleri Wyn James

Gomer

Argraffiad cyntaf – 2006

ISBN 1 84323 684 2
ISBN-13 9781843236849

Mae'r cynllun Stori Sydyn yn fenter ar y cyd rhwng yr Asiantaeth
Sgiliau Sylfaenol a Chyngor Llyfrau Cymru. Ariennir y llyfrau gan yr
Asiantaeth Sgiliau Sylfaenol fel rhan o Strategaeth Genedlaethol
Sgiliau Sylfaenol Cymru ar ran Llywodraeth Cynulliad Cymru.

Argraffwyd yng Nghymru gan
Wasg Gomer, Llandysul, Ceredigion

Diolch i Gyngor Llyfrau Cymru a Delyth Humphreys, Asiantaeth Sgiliau Sylfaenol, Bethan Mair a Gwasg Gomer, Alun Jones, Nia Royles, Rebecca Kitchin a Sion Ilar, Heléne Parry, Heather Jones a Richard Lloyd.

PENNOD 1

'TI 'DI BOD I BARTI pethau brwnt erioed?' gofynnodd Lisa.

'Parti pethau brwnt?' meddwn i.

'Ti'n gwybod. Condoms lliw. Strawberry lick. Sex toys?'

'Na, dwi ddim yn meddwl bo fi.'

'Knickers?' gofynnodd Cath gan ymuno yn yr hwyl.

Saib bach.

'Dwi 'di bod i barti gwneud cardiau pen-blwydd,' atebais i.

Chwarddodd y ddwy.

'Typical!' meddai Lisa, gan daflu ei gwallt melyn yn ôl fel cynffon ac edrych i weld pwy oedd yn syllu arni.

'Ie. Typical!' meddai Cath, a rhoi ei braich amdana i.

Gwenais i. Ond do'n i ddim yn gwenu tu mewn. Do'n i ddim yn lico siarad am, wel, pethau fel'na. Pethau personol. Pethau sy'n fusnes i neb ond pedair wal, dau berson a gwely. Roedd Lisa a Cath wastad yn gwneud hwyl am fy mhen achos hynny.

Sut buon ni'n siarad am bethau fel hyn mor gynnar ar fore dydd Llun? Rown i'n eistedd yn y caffi. Dim byd newydd yn hynny. Roedd y caffi rownd y gornel o'r ysgol. Roedd Cath a finnau'n mynd yno bob bore ar ôl gollwng y plant.

Doedd dim byd arbennig am y caffi. Byrddau fformica. Dim ffrils. Ond roen ni'n cael paned dda mewn mygs go iawn. Roedd Cath yn cael smôc. Ac roedd Lisa'n gweithio yno. Roedd hi'n rhoi mwy o goffi i ni am ddim pan oedd y boss allan yn y cefn. Daethon ni'n tair yn ffrindiau agos – dros goffi am ddim a chlonc.

Dyna sut dechreuodd pethau. Sgwrs fach ddiniwed dros baned mewn caffi. Do'n i ddim yn gwybod y byddai'r sgwrs yn newid fy mywyd i. Am byth.

Diwrnod fel pob diwrnod arall oedd e. Ac eto, roedd rhywbeth yn wahanol hefyd. Am un peth roedd Vicky'n dawel yn y goetsh. Felly, rown i'n cael llonydd i ddarllen y papur. A fydden i ddim yn gwneud hynny oni bai bod rhywun wedi digwydd ei adael ar y bwrdd.

Darllen y papur? Edrych ar y lluniau o'n i a dweud y gwir. Rown i'n darllen ambell bennawd hefyd, os oedd enw neu air yn dal fy sylw. Roedd llun o Victoria Beckham yno gyda saith bag siopa.

'Saith! Peth od bod hi'n gallu'u cario nhw. Mae'n denau fel mwydyn ar ddeiet,' meddai Cath mewn llais dim nonsens. Unwaith iddi benderfynu ar rywbeth roedd hi'n sticio ato bob amser.

Roedd hi wastad yn lladd ar Victoria. Jelys. Pwy sy ddim yn jelys o fenyw â phopeth? Corff tenau. Gŵr golygus. Plant. Arian.

Rown i'n addoli hi! Dyna pam rown i wedi galw fy mabi bach i ar ei hôl hi.

'Darllen papur! Ers pryd 'ych chi'ch dwy'n lico'r news,' meddai Lisa gan ddod draw aton ni. Roedd ganddi lyfr bach a beiro yn ei llaw. Esgus cymryd ordyr pe bai'r boss yn ei gweld. Dwi ddim yn gwybod pam roedd hi'n trafferthu gwneud hynny. Roedd hi'n gallu troi'r boss rownd ei bys bach, fel pob dyn.

'Dim darllen. Edrych ar y lluniau,' meddwn i'n protestio.

Anwybyddodd Lisa fi.

'Beth nesa? Yr *Encyclopedia Britannica* siŵr o fod!' meddai.

'Sdim diddordeb 'da ti'n y papur? Fyddi di ddim eisiau gwybod beth yw dy sêr di, 'te,' meddai Cath wrth Lisa yn bryfoclyd. Sugnodd ar ei sigarét a throi ei phen i chwythu mwg oddi wrth Vicky.

'Www! Pam? Beth ma'n nhw'n ddweud?!

Ydw i'n mynd i briodi millionaire?!' meddai Lisa'n cyffroi.

'Darllen nhw dy hunan,' meddai Cath.

'Can't be bothered,' atebodd Lisa.

Chwarae teg i Cath. Roedd hi wastad yn cymryd fy ochr i. Roen ni'n nabod ein gilydd ers pedair blynedd nawr. Ers iddi 'ngweld i'n sefyll fel llo tu allan i gatiau'r ysgol. Diwrnod cynta fy merch hyna, Diana. (Ie, Diana ar ôl y Dywysoges Diana. Heddwch i'w llwch.) Doedd dim syniad gen i beth i'w wneud y bore hwnnw.

'Dere gyda fi, Ann!' meddai Cath fel petai'n rhedeg y lle. A dweud y gwir rown i'n meddwl ei bod hi'n rhedeg y lle nes i fi alw 'miss' arni. Chwarddodd Cath dros y lle i gyd a dweud mai rhiant oedd hi. Rown i'n iawn am un peth meddai Cath. Roedd hi'n bossy iawn. Digon bossy i redeg pob ysgol yng Nghymru!

Yn sydyn, cydiodd Lisa yn y papur newydd. Sgrechiodd. Roedd hi wedi gweld rhywbeth cyffrous.

'Beth?' gofynnais i.

'Beth!' Dyma Cath yn bendant fel arfer. 'Dwed, neu bydda i'n gwneud twll yn dy ffedog gyda'r ffag yma!'

Rhoiodd Lisa'r papur ar y bwrdd. Pwyntiodd at focs bach ar waelod y dudalen yng nghefn y papur.

'Darllen di e,' meddai hi wrth Cath.

Cododd Cath ei haeliau, fel pe bai hi'n athrawes yn ceryddu disgybl hy. Ond darllenodd hi'r darn. Roedd hi'n hoffi bod yn geffyl blaen.

"Ych chi eisiau noson gyda'r merched?' darllenodd Cath yn uchel.

'Ydyn,' atebodd Lisa a fi.

"Ych chi eisiau hwyl?'

'Ydyn!'

'Beth am drefnu parti Sexy Susan? Gewch chi weld y catalog newydd llawn dillad isaf secsi a phethau i godi gwres yn y stafell wely! Potel o win am ddim i'r person sy'n trefnu.'

'Swno fel laff!' meddai Lisa.

'Grêt!' meddai Cath.

'Dwi ddim yn siŵr,' meddwn i. Cymrais lwnc o goffi. Roedd e'n oer erbyn hyn.

'Typical!' meddai Lisa. 'Pwy ti'n meddwl wyt ti, Ann? Y Virgin Mary?!'

'Paid bod yn sili. Mae ganddi ddau o blant,' meddai Cath yn chwyrn. Doedd hi ddim yn meddwl bod yn gas. Dyna ei ffordd. Dim nonsens.

'Yn gwmws. Druan o'r Virgin Mary! Geni babi heb gael secs? Petawn i'n mynd trwy'r poen yna i gyd bydden i eisiau bach o bleser gynta!'

11

Y tro yma chwarddodd Cath gyda Lisa.

'Dere 'mlan! Bach o sbort yw e!' meddai Cath.

Gorfodais fy hun i wenu.

Do'n i ddim yn virgin, wrth gwrs. Roedd gen i ddau o blant i brofi hynny. Doedd hynny ddim yn meddwl 'mod i eisiau siarad am hynny ddydd a nos! Fel rhai.

'Potel o win am ddim. Ti'n lico gwin . . .' meddai Lisa'n gwthio ei phenelin yn fy ochr i'n chwareus.

'Ydw, dwi'n lico gwin,' atebais.

Rown i ffaelu peidio gwenu nawr.

'Dyna hynna wedi'i benderfynu,' meddai Cath yn bendant.

'Yr unig beth sy rhaid i ni benderfynu nawr yw hyn. Ble r'yn ni'n cael y parti?' meddai Lisa.

Ac am ryw reswm edrychodd y ddwy arna i.

PENNOD 2

'Hia Sexy . . .'

'ALLI DI DDIM DWEUD 'na,' meddai Lisa'n astudio ei hewinedd, fel pe bai hi'n teipio.

'Pam lai?' gofynnodd Cath, yn ei llais uchel.

'Achos mae e'n swno fel petait ti eisiau dêt, dim eisiau trefnu parti!'

'Dwi ddim wedi gorffen eto,' meddai Cath gan esgus bod yn amyneddgar.

'Get a move on! Ti'n teipio fel crwban â'i droed ar y brêc,' atebodd Lisa. Jocan oedd hi. Roedd rhai o'i jôcs yn gallu swnio'n gas.

Edrychodd Cath arni'n ffyrnig.

'Drych, os ti'n meddwl y galli di wneud yn well . . .' meddai. Roedd dur yn ei llygaid. Cododd o'r gadair, ond wnaeth Lisa ddim symud i gymryd ei lle.

Amser cinio dydd Mercher ac roen ni'n tair wedi mentro i'r llyfrgell.

Dwi'n gwybod! Roedd e'n dipyn o sioc i fi! Do'n i heb fod mewn llyfrgell ers pan o'n i yn yr ysgol. Rown i'n cofio'r stafell fawr dywyll, rhesi a rhesi o silffoedd a'r llwch. Roedd y llwch yn gwynto fel y drôr sanau yn nhŷ Mam-gu. Rown i'n cofio'r hen sguthan tu ôl i'r ddesg uchel yn edrych lawr ei thrwyn arna i trwy sbectol darnau deg ceiniog.

Llyfrgell fodern oedd hon, yn olau ac yn llawn croeso. Roedd lluniau lliwgar gan blant ysgol ar y waliau a dyn oedd y tu ôl i'r ddesg. Tal. Golygus. Gwallt melyn.

'Mmm. Pwy fyddai'n meddwl bod llyfrgell yn lle mor ddiddorol,' meddai Lisa gan godi ei haeliau'n awgrymog.

'Geith hwnna jecio fy nhocyn llyfrgell i unrhyw bryd,' meddai Cath heb dynnu ei llygaid oddi ar y sgrin.

Chwarddodd y ddwy. Yna, stopiodd Lisa chwerthin. 'Ti'n briod,' meddai'n siarp. Cododd ar ei thraed ac ymestyn ei chorff i'w lawn dwf. Dros chwe troedfedd. Roedd hi'n dal ac yn siapus. Byddai unrhyw ddyn yn falch o'i chael yn gariad – pe bai hi wedi caniatáu hynny.

Rown i'n teimlo fel corrach bach tew wrth ei hochr.

Doedd Cath ddim yn berffaith ei chorff chwaith, fel finnau. Ond doedd dim ots gan Cath. Roedd hi'n hoffi ei gwallt hir lliw brân a'i chroen gwelw. Roedd hi'n hoffi ei chorff tal, di-siâp.

14

Edrychodd hi ar Lisa lan a lawr a sniffio'n uchel fel pe bai hi'n gwynto rhywbeth drwg.

Dyna'r arwydd cynta o drwbwl.

Dechreuais i deimlo'n ddrwg iawn unwaith i ni eistedd lawr ger y compiwter. Roedd cynnwrf bach ynglŷn â phwy ddylai eistedd yn 'y gadair'. Yna fe gafodd Cath a Lisa ddadl fywiog i weld pwy oedd wedi cael y mwya o wersi ICT yn yr ysgol. Gadawodd Lisa i Cath ennill.

'Mae ysgrifennu'n boring, beth bynnag,' meddai gan agor ei cheg.

Roedd gwaeth i ddod.

'Hia Sexy Susan . . .'

'Hapus nawr?' gofynnodd Cath.
'Ecstatic,' atebodd Lisa.

' . . . Ydyn ni ferched? Ydyn.
Ydyn ni eisiau hwyl? Ydyn. Ydyn ni eisiau potel o win am ddim? Wel, ydyn ond does dim ots gyda ni un ffordd neu'r llall.
Ond mae ots gan Ann. Dyna pam mae hi'n mynnu ein bod ni'n trefnu'r parti yn ei thŷ hi . . .'

Yr iâr! rown i eisiau gweiddi.

Edrychodd Cath a Lisa arna i.

'Alla i ddim,' meddwn i.

'Pam?' gofynnodd Cath.

'Achos mae gen i ddau o blant i ddechrau . . .'

'Dau o blant fydd yn y gwely,' meddai Lisa, oedd yn meddwl bod magu plant y peth hawsa yn y byd.

'Dim 'na'r point. Beth amdanat ti, Cath?'

'Alla i ddim. Mae'n dweud fan hyn – dim dynion. Beth alla i wneud gyda Kev?' gofynnodd Cath.

'Hel e i'r dafarn,' atebais i ar unwaith.

'Dyw e ddim yn yfed.'

'Allan am dro 'te?'

'Dyw e ddim yn lico awyr iach.'

'Lisa – beth amdanot ti? Sdim dyn gyda ti a ti'n joio parti . . .' Rown i'n dechrau mynd yn desbret. Torrodd Lisa ar fy nhraws.

'Bydde'n rhaid iddo fe fod yn barti bach iawn – i lygod – yn fy fflat i. Mae gen ti dŷ.'

'Tŷ bach iawn.'

'Mae tŷ bach yn fwy na fflat. Fyddai dim lle i bawb yn fy fflat i,' meddai gan chwifio'i llaw hir denau i wrthod y syniad.

Troiodd fy stumog. Pawb?! Pwy oedd y pawb yma!!

'Dere di â'r dillad isaf a'r gêmau sexy. Down ni â'r merched gwyllt. Paid bod yn ddierth Sexy Siws. Tan tro nesa – Cath, Lisa ac Ann.'

Gydag un bys ar fotwm 'Send', seliwyd fy ffawd.

Fydden i ddim wedi bod yn gymaint o fabi pe bawn i'n gwybod beth fyddai'n digwydd nesa.

'Mae lot o waith 'da fi o 'mlaen i 'te,' meddwn yn uchel. Ac am ryw reswm edrychodd y ddwy arall arna i.

17

PENNOD 3

Rown i'n cael cathod bach! Y gwir yw do'n i heb drefnu dim byd ers i fi ffeindio 'mod i'n disgwyl Vicky. Roedd hynny ddwy flynedd, un mis a deg diwrnod yn ôl. Dim 'mod i'n cyfri, cofiwch chi.

Daeth Cath a Lisa i'r tŷ i drafod tactics. Cymrodd Cath ddau lased o win mawr cyn i fi gyfadde na allwn i hyd yn oed drefnu sesh yn Ibiza i'r Clwb 18–30.

'Ond ti'n fenyw! Ti'n trefnu'r byd! Ti bob dydd yn trefnu bod y plant yn cael bwyd, dillad glân a . . . a . . . popeth sy eisiau arnyn nhw,' meddai Cath.

'Toys, crisps, teledu,' meddai Lisa.

'Ond mae hynny'n wahanol. Chi'n sôn am drefnu parti yn y tŷ. Parti i faint o bobl?' meddwn i ar goll yn llwyr.

'Drefnest di barti neis iawn pan oedd Diana'n ddwy. Dwi'n cofio ti'n dweud,' meddai Lisa. Roedd ganddi gof fel eliffant. Roedd digon yn ei phen. Doedd hi ddim wedi gwneud yn dda yn yr ysgol achos ei bod hi ddim yn lico ysgrifennu.

'Roedd hynny cyn cael Vicky. Roedd gen i help amser hynny,' atebais i'n dawel.

Roedd Gary gen i bryd hynny.

'Help? A beth yw Lisa a fi 'te? Dau wy Pasg mewn hetiau Santa Clôs?'

Roedd e'n beth twp i'w ddweud, ond roedd Cath bob amser yn gallu gwneud i fi wenu. A chwerthin. A chael y pwl mwya o gigls erioed. A gyda ffrindiau da pan mae un yn dechrau chwerthin, mae'r lleill yn chwerthin hefyd. Chwerthin nes ein bod ni i gyd yn sâl.

'A dwi'n siŵr bydd dy fam wrth 'i bodd yn helpu,' meddai Lisa, y gynta i ddod ati ei hun.

'Busnesu,' meddai Cath yn dod yn syth at y pwynt, fel arfer.

'Dwi ddim eisiau hi yn y tŷ! Mae'n mynd yn nerfs i gyd jyst yn trefnu trip i Aldi!' atebais i.

'Mwy o reswm byth i beidio â bod fel hi 'te, Ann,' meddai Cath.

Roedd hi o ddifri. Sobrais i'n syth.

'Ocê 'te,' meddwn i fel oen bach.

Roedd Cath wrth ei bodd. A dim rhyfedd! Roedd Sexy Susan wedi cael ein neges e-bost ni. Roedd hi wedi ffonio Cath. Ac roedd Cath wedi addo – mwy neu lai – y bydden ni'n trefnu parti Sexy Susan yn fy nhŷ i yr wythnos wedyn!

'Mae'n edrych 'mlan at gwrdd â ni,' meddai Cath yn edrych yn hapus.

19

'Lwc bo ti'n seicic 'te, Mystic Meg,' atebais i.

'Seicic?'

'Ie. Rhaid bo ti'n seicic. Neu sut byddet ti'n gwybod y byddwn i'n cytuno?'

'Achos bo ti ddim eisiau siomi dy ffrindiau,' meddai Cath gyda winc. 'Beth bynnag, ni'n gwneud ffafr â ti. Ti fydd yn cael potel o win am ddim. Ti fydd yn cael discownt ar handcuffs fluffy. Ti fydd yn cael anrheg am ddim os bydd pobol yn prynu digon o nics a bras ar y noson.'

'A beth sy'n rhaid i fi wneud?' gofynnais yn amheus. D'ych chi ddim yn cael dim byd am ddim yn y byd yma. Dwi wedi hen ddysgu hynny.

'Dim,' meddai Cath. 'Dim ond gwneud yn siŵr bod pobl yn cael eu pethau nhw ar ôl y parti.'

'Mynd o gwmpas tai pobol ti'n meddwl!' meddwn i'n teimlo'r panig yn codi o fy mrest ac i fy ngwddw.

Nodiodd Cath ei phen.

'Ond sdim car 'da fi!' meddwn i'n wyllt.

'Alli di ofyn i Jonny dy helpu di. Mae Jonny'n lico dy helpu di,' meddai Lisa'n chwilio ei gwallt am split ends.

'Mae Jonny wrth ei fodd yn dy helpu di,' meddai Cath yn ymuno yn y tynnu coes.

Rown i wedi clywed hyn i gyd o'r blaen. Rown i wedi blino ei glywed.

'Dwi ddim yn gwybod beth chi'n trio'i ddweud. Ond am y canfed tro, ffrindiau 'yn ni,' meddwn i gan godi fy llais dipyn bach.

Am ryw reswm cododd y ddwy eu haeliau ac edrych arna i.

PENNOD 4

NOSON Y PARTI. Roedd pethau'n edrych yn dda, er mai fi sy'n dweud hynny. Rown i wedi cael lot o help gan Cath a Lisa. Doedden nhw ddim wedi stopio.

Roedd ambell i broblem fach. Roedd hi bron yn amhosib cael Diana i'r gwely achos yr holl gyffro. Do'n i ddim wedi gofyn i Mam garco. Fel dywedais i, roedd hi'n byw ar ei nerfs ac roedd hi'n haws gwneud pethau fy hun.

Rown i wedi bod yn poeni am y gost. Ond yn y diwedd roedd Cath, Lisa a fi wedi gwneud kitty. Roen ni wedi cael tri bocs o win am bris dau yn Kwiks – a mynydd o nibbles bach am bum punt. Roedd y stafell yn edrych yn grêt, fel petai hi'n noson cyn y Nadolig. Crisps, twiglets a chnau mwnci mewn powlenni ar y bwrdd coffi. Ac addurniadau hyd yn oed!

Roedd Cath wedi mynnu ein bod yn rhoi tipyn bach o sparkle i'r lle ac wedi mynd i'r atic i nôl yr addurniadau Nadolig. Y tair ohonon ni yn ein hwyliau gorau. Roedd y gwin yn help. Wel, roedd yn rhaid ei flasu!

Roedd Cath wrth ei bodd yn cael noson heb

Kev a Scott bach. Roedd hi wedi mynd dros ben llestri'n llwyr. Dyma fenyw sy byth yn gwisgo fyny a byth yn gwisgo colur i liwio ei hwyneb gwelw. Does dim amser ganddi rhwng gofalu am Kev a Scott a gweithio bob prynhawn yn offis y fet.

Ond roedd hi'n gwisgo tinsel am ei gwddf fel boa blewog. Rown i wedi ei pherswadio i dynnu'r baubles glitter aur roedd hi'n gwisgo fel clustdlysau, pan ganodd y gloch.

Roedd Sexy Susan wedi cyrraedd.

Daeth hi i mewn trwy'r drws fel corwynt ac i'r stafell fyw fel pe bai hi'n berchen y lle. Cawson ni sioc o weld y fenyw. Na, roedd e'n fwy na hynny. Roen ni'n impressed.

'Hia girlies! Barod am barti? Gweld bo chi ar y gwin yn barod. Grêt. Jyst y peth. Get the party going. Gobeithio bo'r guests ddim yn hen bethau sych. Bues i mewn parti'r wythnos diwetha. Mwy o go mewn blydi nunnery!' meddai.

Dechreuodd ddadbacio llond ogof o focsys. A gwydred arall o win yn ein llaw, allen ni ddim peidio dilyn Sexy Susan fel tase rhyw hud a lledrith yn perthyn iddi. Siôn Corn oedd hi'n dadbacio anrhegion. Anrhegion gwahanol iawn. I oedolion yn unig.

Nawr, mae dau beth y dylech chi wybod am Sexy Susan. Un. Doedd hi ddim yn sexy. Dau. Dim Susan oedd ei henw hi. Roedd Tina'n byw dau fywyd. Yn y dydd, roedd hi'n gweithio mewn banc. A gyda'r nos . . .

'Mae'n rhoi'r wmff 'nôl yn eich secs life.'

Geiriau Cath. Dim fi. Dylai hi wybod. Roedd hi wedi bod yn briod ers deg mlynedd.

Roedd Tina'n gyfforddus mewn unrhyw gwmni – hyd yn oed "blydi nunnery". Rown i'n eiddigeddus.

Yn fuan iawn, dechreuodd pobl gyrraedd. Mewn dim, roedd hi'n teimlo fel pe bai llond tŷ yn fy stafell fyw fach. Roedd Lisa wedi gwahodd merched y caffi. Roedd Cath wedi gwahodd mamau eraill o'r ysgol ble roedd Di a Scott, mab Cath, yn mynd. Ac rown i wedi gwahodd Mari. Rown i wedi cwrdd â hi yn ante-natal pan o'n i'n disgwyl Vicky. Ni oedd yr unig ddwy yn y dosbarth oedd yn famau sengl. Roen ni wedi dod yn ffrindiau mawr. Eto, do'n ni ddim wedi gweld llawer ar ein gilydd ers pan oedd Vicky'n fabi bach.

Roedd pethau'n mynd yn dda. Ond roedd un gleren yn y mêl. Mam.

Roedd Mam wrth ei bodd ym mhobman, dim ond gwneud yn siŵr ei bod hi ddim yn trefnu!

Pam rown i wedi ei gwahodd hi? Cwestiwn da. Ond, beth allen i ei wneud? Roedd hi wedi geso bod rhywbeth ar y gweill. Ac, unwaith iddi ddeall mai "parti" oedd hwnnw, doedd dim stop arni. Credwch fi, rown i wedi trio!

Rown i wedi dweud i ddechrau mai parti Tupperware oedd e. Boring iawn. Fyddai hi ddim yn mwynhau ei hun. Doedd Mam ddim yn cytuno. Goleuodd ei hwyneb. A dywedodd hi hyn,

'Www, lyfli! Gallen i wneud â powlen microwêf newydd. Roedd Dad wrth ei fodd yn cynhesu swper neithiwr i ginio.'

A phan ddywedodd Lisa wrthi mai parti Sexy Susan oedd e, goleuodd ei hwyneb. A dywedodd wrthon ni,

'Www, lyfli! Gallen i wneud â . . .'

Rhedais allan o'r stafell cyn clywed beth roedd hi ei angen yn y stafell wely. Achos bo hi wedi cael defnydd mawr ohono fe. Ac roedd Dad wrth ei fodd yn ei gynhesu! Roedd hi'n od sut roedd hi'n dal i siarad am Dad fel'na.

Dechreuodd Tina trwy ddweud 'chydig bach o hanes cwmni "Sexy Susan". Susan oedd yr un ddechreuodd y cwmni gwerthu pethau i oedolion.

Doedd pawb ddim yn mwynhau clywed yr hanes sut gwnaeth y cwmni lwyddo.

'Pe bawn i eisiau lecture byddwn i'n gwylio'r History Channel,' meddai Lisa.

Roedd Mam fel pe bai hi'n mwynhau. A Mrs Glover, ei ffrind, hefyd. O, oedd, roedd Mam wedi mynnu dod â ffrind.

Mae'n syndod 'mod i'n cofio beth ddigwyddodd nesa. Rown i bach yn pissed erbyn hyn. Dyna pam do'n i ddim yn cochi cymaint ag arfer. Fel dywedodd Tina, 'bach o laff' oedd e.

Dechreuon ni trwy chwarae gêm y gobstoppers. Rhoi gobstopper yn eich ceg a dweud rhywbeth brwnt. Defnyddiwch chi eich dychymyg! Y cam nesa oedd rhoi gobstopper arall yn eich ceg a dweud rhywbeth mwy brwnt byth. Do'n i ddim yn gallu clywed beth oedd Mam yn ei ddweud yn iawn – achos y gobstopper – a diolch byth am hynny. Yr un â'r mwya o gobstoppers yn ei cheg ar y diwedd oedd yn ennill. Ces i bedwar. Cath enillodd gyda saith.

'Big mouth,' meddai Lisa.

'Dyw hyn ddim yn rhy ddrwg,' meddwn i'n torri ar eu traws. Rown i wedi cael lot o win!

'Ddim yn ddrwg? Mae e'n briliant!' meddai Cath gan baentio'r siocled corff roedd hi newydd ei ennill ar ei llaw a'i lyfu.

Ro'n i'n meddwl 'mod i wedi gweld y cwbl

pan ddaeth y parêd ffasiwn – nyrs, air hostess, plismones a rhyw bethau mewn pvc y byddai'n rhaid i chi eu gweld i gredu. Doedd hynny'n ddim byd o'i gymharu â'r blow up dolls. Lisa a Gaynor o'r caffi oedd y rhai cynta ar eu traed. Y gystadleuaeth oedd bod yn gynta i chwythu'r dol-ddynion i fyny a gwisgo dillad isaf amdanyn nhw. Gaynor enillodd. Doedd Lisa ddim yn lico hynny,

'Efallai bo ti'n gallu rhoi trôns am ddyn, ond fi fyddai'r cynta i gael nhw off,' meddai gan daflu ei gwallt yn ôl a tharo Gaynor yn ei hwyneb fel slap.

Rown i'n dechrau teimlo fel tasen i wedi mynd â Mam a Mrs Glover i'r Red Light District yn Amsterdam! Cofiwch chi, roen nhw'n giglo fel dwy ferch ysgol. Ond ar ôl y secs show roedd yn ryddhad gweld y catalogs yn dod mas a Mam a Mrs Glover yn darllen yn dawel am latex du a whips a choleri ci diamonique.

Wna i ddim rhoi'r manylion am y gêm rhoi condom am fanana. Ond trueni na fyddai Mrs Glover wedi gwrando pan ddywedodd Tina wrthon ni am drio'r nipple cream ar flaen ein trwynau. Fel rhoi hufen ar hen falŵn, dyna i gyd ddyweda i. Dim beth o'n i eisiau ei weld.

Fe gafon ni noson i'w chofio. Buon ni'n ordro fel pe bai diwedd y byd ar ddod – hyd yn oed y menywod sengl! Ond y sioc pan welon ni'r bils!

Ond roedd Tina'n hapus. Cafodd hi werth dri chan punt o orders. Roedd hynny'n golygu pymtheg punt i fi! A ro'n i yn y raffl – i ennill Nissan Micra.

'Meddylia pe byddet ti'n ennill car!' meddai Cath gan roi cwtsh i fi.

'Ie, meddylia! Achos dwyt ti ddim hyd yn oed yn gyrru,' meddai Lisa â'i hiwmor sych.

Ac roen ni'n chwerthin unwaith eto.

'Joioch chi?' gofynnodd Tina'n llawn egni o hyd.

'Mas draw!' meddwn i, y gynta i ateb am unwaith.

'Grêt. Oes diddordeb gan un ohonoch chi mewn dod yn drefnydd partïon Sexy Susan?'

Dwi ddim yn gwybod beth ddaeth drosta i. Neu ai'r bocs o win rhad oedd yn siarad?

'Ocê,' meddwn i.

Ac am ryw reswm edrychodd pawb yn syn arna i.

PENNOD 5

DRANNOETH DIHUNAIS Â PHEN tost. Y pen tost gwaetha dwi wedi ei gael erioed. Rown i'n teimlo fel pe bai rhywun yn bwrw fy nhalcen i â morthwyl.

Dwi ddim yn mynd allan yn aml. Do'n i ddim yn lico gofyn i Mam garco. Yna, ces i row ganddi achos ei bod hi ddim yn gweld y plant.

'Allwn i feddwl bo ti ddim yn trysto fi!' meddai'n siarp ac yn gwneud ffys, fel arfer.

Roedd hi'n iawn, wrth gwrs. Ro'n i'n gwybod bod ei meddwl hi ym mhob man. Cerddais i mewn i'r tŷ un tro a dyna lle roedd Di â'i llaw ar goes y sosban. Munud arall a byddai'r dŵr berw dros ei phen hi. Roedd Mam allan yn y cefn yn gwagu'r bin. Na, do'n i ddim yn ei thrystio hi. Ond do'n i ddim yn gallu dweud hynny wrthi.

Nawr, bydda i ond yn mynd allan weithiau. Ond dim ond pan mae Mam yn ffonio, ac yn cynnig carco. Dwi'n methu dweud 'na'.

Dwi'n trio peidio'i gor-wneud hi pan fydda i'n mynd allan gyda'r merched. Dwi'n trio

peidio yfed gormod o Bacardi Breezers. Does
dim ots faint dwi'n joio fy hunan yn ystod
y nos; mae'n rhaid dihuno bore wedyn a
does dim byd wedi newid. Mae'n rhaid i fi
newid nappy Vicky. Mae'n rhaid i fi wylio
Lizzie McGuire gyda Di. Mae'n rhaid i fi
wrando ar Mam yn dweud fod merched
neis ddim yn mynd allan i yfed pan oedd
hi'n ifanc! Dwi'n teimlo fel dweud, 'Mae
pethau wedi newid. Get over it.' Ond dwi
ddim.

Dwi'n lwcus i gael babysitter am ddim. Ac,
mae hi'n lico helpu, wrth gwrs. Mae'n rhoi
rhywbeth iddi wneud, ar ôl colli Dad.

Dwi ar ddihun ers chwech. Mae Vicky'n fabi
da. Mae'n cysgu trwy'r nos chwarae teg. Ond
mae hi'n dal yn dihuno am chwech. Bob bore.
Hangover neu beidio.

Mae rhywbeth arall yn fy mhoeni i. Dwi'n
methu rhoi fy mys arno fe. Ond dwi'n gwybod
bod rhywbeth. Dwi'n methu meddwl gan fod
fy mhen i'n corco.

Dwi'n cymryd dwy asprin gyda glased mawr
o ddŵr. Mae Di yn siarad pymtheg y dwsin am
fachgen bach newydd yn ei dosbarth hi. Rupak
Chatlani. Mae ganddo wallt hir. Ac mae e'n
rhedwr da. Mae'n siarad amdano'n hapus braf.
Dwi'n holi a ydy hi'n lico fe.

'Nagw. Wyt ti'n sâl, Mam?' gofynna Di gan sylwi 'mod i'n stryglo mwy nag arfer heddiw.

'Bach o ben tost, dyna i gyd,' atebaf.

'Fyddet ti'n teimlo'n well pe bawn i'n rhoi cwtsh i ti?'

Dwi'n nodio fy mhen ac mae'n fy ngwasgu'n dynn.

A chi'n gwybod beth? Dwi'n teimlo'n well. Ac am y tro cynta y bore 'ma dwi'n gwenu.

'Dwi'n caru ti yr holl ffordd o fan hyn i Awstralia, Di.'

'Dwi'n caru ti yr holl ffordd o fan hyn i'r lleuad,' yw ateb Di.

'Mae hynny'n ffordd bell iawn.' Dw i'n teimlo'n hapusach.

Ac mae'r ddwy ohonon ni'n chwerthin.

Yna, mae tri pheth yn digwydd. Mae'r ffôn yn canu. Mae cnoc ar y drws. A dwi'n cofio'r peth rown i wedi anghofio! O na! Sut gallwn i fod wedi gwneud y fath beth?!

Dwi'n codi'r ffôn.

'Hia!' meddai llais.

'Helô.' Mae fy llais yn llawn pryder.

'Sut mae'r pen?'

'Uffernol.'

'Ti'n swno'n uffernol! Sexy Susan sy yma. Ti'n gwybod? Tina?'

'Ydw, ydw. Wrth gwrs,' atebaf.

31

'Ti *yn* cofio 'te?' Mae Tina'n chwerthin.

Dwi ddim yn gwybod beth i'w ddweud. So, dwi'n siarad pymtheg y dwsin.

'Ydw. Nag ydw. Alla i ddim siarad nawr. Mae rhywun wrth y drws. Diolch am ffonio.'

Mae cnoc mwy pendant ar y drws.

'Ti'n mynd i' agor e?' gofynna Di gan edrych arna i fel pe bai'n disgwyl i fi wneud hynny.

Dwi'n agor y drws. A dyna ble mae hi. Powld fel tarw.

'Dwi'n gwybod bod rhywun wrth y drws. Fi sy 'ma. Symuda o'r ffordd. Mae gen i focs o drics fan hyn ac mae e'n drwm ar y diawl!' meddai Tina.

Dwi'n methu credu ei bod hi'n sefyll yno!

Mae Di'n syllu arni fel pe bai cyrn yn tyfu o'i phen. Dwi ddim yn gwybod beth i'w wneud.

Dwi'n cofio am fy addewid neithiwr. Does bosib bod rhaid i fi gadw ato. Does dim rhaid cadw addewid os 'ych chi o dan ddylanwad hanner bocs o win rhad a bowlen o gnau.

'Mae gen i ben tost!' Mae'n llais i'n swnio'n wyllt.

Ond mae Tina'n dal i siarad. 'Ac mae gen i blan i wneud ti'n fenyw gyfoethog. Unwaith glywi di beth sy 'da fi i' ddweud, fyddi di'n anghofio popeth am ben tost.'

Hanner awr yn ddiweddarach. Mae'r plant yn gwylio DVD, Di yn swnllyd a Vicky'n sticio ei bysedd yn y peiriant. Dwi'n trio anghofio am y ddwy.

Mae fy mhen i'n troi. Dydy fy mrên i ddim wedi gweithio mor galed ers pan o'n i yn yr ysgol. A do'n i ddim y stiwdent gorau bryd hynny.

Neithiwr addewais i fynd yn drefnydd partïon Sexy Susan. Ac, ydy, mae Tina am i fi gadw at yr addewid – er gwaetha'r gwin a'r cnau.

'Mae e'n laff. Ti'n lico laff on'd wyt ti?' Mae Tina'n dal i siarad.

'Wel, y, ydw . . .' O fy mhen bach i! Dw i'n diodde.

'Noson allan gyda'r merched. Ti'n lico mynd allan gyda'r merched, on'd wyt ti?'

'Wel, y, ydw.'

'Byddi di'n cwrdd â pobl. Rwyt ti'n lico cwrdd â pobl on'd wyt ti?' gofynna Tina. Ydy hi'n trio fy nrysu i?!

'Wel, y, ydw . . .'

'A fyddi di'n gwneud arian. Lot o arian – os byddi di'n gweithio'n galed. Ti eisiau mwy o arian?'

Tro yma doedd dim ansicrwydd yn fy llais,

'Ydw. Byddwn i wrth fy modd yn cael mwy o arian!'

'Dyna ni 'te. Mae e'n hollol blaen – ti eisiau bod yn drefnydd Sexy Susan.'

Wir i chi. Dwi'n meddwl y gallai Tina werthu rhew i esgimo yn yr Arctig.

Dyna'r peth. Roedd hi'n werthwr da. Ac achos ei bod hi'n werthwr da roedd hi'n gwerthu lot o bethau mewn partïon Sexy Susan – ac yn ennill peth o'r arian ar ôl gwerthu. Pe bai hi'n werthwr gwael fyddai hi ddim yn gwerthu dim. A faint o arian fyddai hi'n ei wneud wedyn? Diawl o ddim byd!

'Dweda wrthi, Mam!' cwynodd Di am y canfed tro. Roedd Vicky'n dawnsio o flaen y teledu. Cydiais ynddi a'i rhoi yn y playpen a thaflu eliffant pinc mewn i'w chadw hi'n dawel.

'Dwi'n cael bach o sbort. Mynd allan o'r tŷ. Gwneud ffrindiau newydd. A'r peth gorau? Dwi'n cael fy nhalu,' meddai Tina, ei llygaid yn disgleirio wrth feddwl am y peth. Roedd hi'n gwneud i bopeth swnio'n rhwydd.

'Ond,' meddwn i'n protestio, 'mae un gwahaniaeth mawr rhwngot ti a fi. Dwi ddim yn gwybod llawer am bethau, wel, pethau personol fel'na.'

'A pwy wyt ti'n meddwl ydw i? Madonna? Y gantores, dim yr un yn y Beibl. Dyweda i gyfrinach wrthot ti . . . ond mae'n rhaid i ti addo peidio dweud wrth neb.'

A dywedodd Tina ei hanes i gyd wrtha i.

Roedd hi wedi cwrdd â David yn yr ysgol feithrin. Roedd rhyw ffrwgwd dros dedi-bêr. Roedd plentyn arall yn trio ei ddwyn.

Roedd dwy law fach yn cydio'n dynn yn y tedi. Roedd llawer o ddagrau. Roedd Tina wedi gafael yn dynn yn y tedi a'i dynnu gyda holl nerth ei breichiau bach.

Roedd y plentyn bach arall wedi gollwng y tedi – a bron wedi cwympo'n fflat ar ei drwyn mewn sioc at nerth Tina. Roedd Tina wedi rhoi'r tedi yn ôl i David a David wedi ei haddoli byth ers hynny. Roedd y ddau'n priodi y flwyddyn nesa.

'Dwi ond wedi bod gydag un dyn erioed,' sibrydodd Tina. 'So, does dim rhaid i ti fod yn rhyw expert mawr i fod yn drefnydd Sexy Susan. Mae jyst rhaid i ti fod yn berson sy'n lico bach o sbort. Person sy'n lico pobl. Person sy'n dod 'mlan gyda pobl. Fi ond wedi cwrdd â ti ddwywaith ond dwi'n siŵr bydd pawb yn dy lico di.'

Cochais hyd fy nghlustiau. Dyna'r peth neisa roedd rhywun mewn oed wedi ei ddweud wrtha i ers sbel. Roedd mwy i ddod,

'Pe bawn i ddim yn meddwl y gallet ti wneud hyn, fydden i ddim yn gofyn i ti. Achos, fy enw i sy ar y fform.'

'Helô! Jyst fi!'

Daeth gwaedd o gyfeiriad y drws ffrynt. Edrychais i o fy nghwmpas yn wyllt. Roedd Tina wedi bod yn dangos pethau i fi. Dros y lle i gyd roedd bras, knickers, teganau, llyfrau secs. Roedd Tina wedi dod ag orders neithiwr. Dwi'n cofio meddwl beth oedd y point i fi ordro'r thong les coch. Pwy fyddai'n ei weld?

'Glou. Cuddia popeth!' gwaeddais gan gydio mewn cymaint o stwff ag y gallwn eu cario a'u taflu'n bendramwnwgl i'r bocs.

'Pam? Pwy sy 'na? Y Queen?' gofynnodd Tina yn giglo am fy mhen.

'Gwaeth,' atebais i.

'Ann? Ti yna? Ges i'r ffiws ar gyfer soced y tegell. Ti wedi cael amser i ddewis paent i'r gegin?' meddai llais addfwyn.

Stopiodd Jonny'n stond. Edrychodd e arna i. Edrychodd e ar y ffrils a'r ffrals dros bob man. Edrychodd e ar Tina.

'Sori. Ti'n fishi. Fe ddo i 'nôl,' meddai gan ffysian â'i siwmper yn nerfus. Roedd ganddo lygaid glas disglair a'r rheini'n pefrio fel pe bai golau y tu ôl iddyn nhw. God knows beth oedd yn mynd trwy ei feddwl.

Tina dorrodd y tawelwch.

'Wel, Ann! Ti'n un slei! Do'n i ddim yn

gwybod bod boyfriend gyda ti – a bo fe'n gymaint o hunk!' meddai hi.

Roedd Jonny wedi gadael. Rown i yn y gegin. Roedd Di yn cwyno eisiau bwyd. Rown i'n gwneud sandwich gaws iddi a choffi cryf i fi a Tina. Anodd, a finnau'n magu Vicky yr un pryd.

'Ti 'di camddeall amdana i a Jonny. Ffrindiau 'yn ni – dyna i gyd. Roen ni yn yr ysgol gyda'n gilydd,' meddwn i.

'Oes cariad gyda fe?' gofynnodd Tina gyda sglein yn ei llygaid.

Do'n i ddim yn lico'r ffordd roedd hi'n gofyn.

'Na,' atebais yn ofalus.

'Ydy e'n – ti'mod . . .? Un o ffrindiau Elton John, fel pe bai?' sibrydodd.

'Jiw jiw, nag ydy! Mae Jonny'n lico merched cymaint ag unrhyw ddyn!' atebais ar unwaith.

'Ond does dim menyw ganddo? Yr oedran 'na?! Rhaid bo fe mewn cariad 'da rhywun 'te, ond bo fe'n methu dweud wrthi hi. Pwy allai hi fod sgwn i?' gofynnodd Tina.

Ac am ryw reswm edrychodd Tina a Di arna i.

PENNOD 6

MAE TINA'N RHOI FFORM i fi lenwi. Dwi'n ei phlygu yn ei hanner ac yn ei chwarter ac yn wythfed ran. Yna, dwi'n ei rhoi yn fy mhoced ble dwi'n teimlo ei hochrau caled yn fy mhigo bob tro dwi'n symud. Mae'n aros yno nes bod Cath yn ei gweld yn y caffi bore Llun, yn sticio allan o fy nhrowsus fel fflag fawr wen.

'Beth yw hwn? Love letters oddi wrth Jonny?' Cath â'i thrwyn mawr. Dwi'n agor fy ngheg, ond cyn i fi gael cyfle i ddweud dim byd mae Cath a Lisa'n cydadrodd, 'Ffrindiau 'yn ni!'

'Shh! Byddwch chi'n dihuno Vicky. A beth bynnag. R'yn ni *yn* ffrindiau.' Dw i'n dal at fy stori ac mae Lisa'n dal i sychu'r bwrdd â chlwtyn oer ond mae rhai marciau'n aros.

'Licen i pe bai ffrind fel'na gyda fi. Ffrind sy'n fodlon newid ffiws i fi,' meddai ac mae rhywbeth yn ei llais yn gwneud i fi feddwl bod ei bywyd sengl ddim mor dda ag roedd hi'n esgus ei fod e.

'Licen i ffrind i baentio'r gegin i fi.' Cath yn ymarferol bob amser.

38

Mae'r tynnu coes yn parhau.

'Ffrind sy'n fy nilyn i fel ci bach,' meddai Lisa.

'Ffrind sy'n edrych arna i fel pe bai e ddim wedi gweld neb tebyg erioed o'r blaen!' dywed Cath.

Yna maen nhw'n dechrau chwerthin. Maen nhw'n chwerthin cymaint nes eu bod nhw'n dihuno Vicky a dwi'n gorfod estyn banana o fy mag i'w chadw hi'n dawel. Dyna pryd mae Lisa'n dwyn y fform o fy mhoced a'i rhoi i Cath i'w darllen.

'Wel, beth yw e 'te?' Mae Lisa'n edrych ar Cath yn ddiamynedd.

'Job application,' meddai Cath. Mae ei bochau gwyn yn cochi gyda sioc.

'Hapus nawr?' gofynnaf. Dwi ddim yn hapus eu bod nhw'n gwybod fy nghyfrinach. Dwi'n corddi tu mewn.

Ond maen nhw'n hapus drosta i. Maen nhw'n fy ngorfodi i ddwyeud yr hanes i gyd – am ymweliad Tina, am y bocs o trics, am y fform dwi heb ei llenwi. Ac maen nhw'n gwneud i fi esbonio pam dwi ddim wedi dweud y newyddion hynod bwysig wrthyn nhw cyn hyn.

'Dwi ddim yn surprised. Diwrnod cynta Di yn yr ysgol. Fe fyddet ti wedi sefyll o gwmpas trwy'r bore yn lle gofyn am help.' Mae Cath yn fy nabod i'n rhy dda.

'A ti'n cofio ti gyda Lee Handsome. Ddywedaist ti ddim byd wrthon ni, Ann. Fyddwn i ddim yn gwybod tan heddiw oni bai bod ei lun e yn y papur newydd,' medd Lisa.

'Wel, chi'n gwybod nawr.' Mae Vicky eisiau ei dummy a'i Barbie.

Dwi ddim angen help. Ond, maen nhw'n mynnu fy helpu i lenwi'r fform.

A dyna ni'n mynd ati dros myg ffres o goffi. Mae'r caffîn yn ein dihuno ni. Mae e fel siot o adrenalin.

SEXY SUSAN

DWI EISIAU BOD YN DREFNYDD PARTI

ENW: Ann Haf

OEDRAN: 28.

RHYW: Ie, plîs.

'Dwi ddim yn meddwl mai dyna beth maen nhw'n meddwl,' meddwn i.

'Gwranda, blodyn, cymra unrhyw perks ti'n gallu gael. Coffi oer a briwsion yw'r unig beth dwi'n gael fan hyn,' medd Lisa.

'Cytuno. Wedi'r cwbl, ti ddim wedi "ei gael e" ers oesoedd,' meddai Cath yn dweud y gwir, yn blwmp ac yn blaen.

'Sut wyt ti'n gwybod? Efallai bo fi wedi cael loads!' A dw i'n difaru'n syth. Mae'n cymryd pum munud dda o wadu ffyrnig cyn y galla i eu perswadio nhw mai'r boiler yw'r unig beth sy'n cael service gan Jonny a symud ymlaen at y cwestiwn nesa.

PROFIAD PERTHNASOL: Oes. Mae gen i ddau o blant.

'Ac os 'yn nhw eisiau mwy o fanylion? Dywed wrthyn nhw am feindio'u blydi busnes!' Llais Cath fel cyllell.

PAM R'YCH CHI EISIAU'R SWYDD YMA? Achos bo fi wedi meddwi?

'Achos bo ti eisiau cwrdd â pobol newydd. Gwneith e les i ti. A dyweda bo ti'n credu yn stwff Sexy Susan. Byddan nhw'n lico hynny,' meddai Cath wrth ei bodd yn rhoi trefn arna i. 'A bo ti eisiau ennill lot o arian.'

'Paid dweud hynny.' Roedd hyd yn oed Lisa'n gallu bod yn gall weithiau.

OES GENNYCH CHI DRWYDDED YRRU? Na.

'Ond dwi'n nabod dyn â thrwydded yrru,' medd Lisa a gwên ar ei hwyneb.

'Pwy? Oes gen ti boyfriend newydd d'yn ni ddim yn gwybod amdano, Lisa?' Mae Cath yn estyn ffag ac yn ei thanio, wrth ei bodd yn cael tjans i dynnu coes Lisa hefyd.

'Ann, dim fi! Mae hi'n nabod dyn â thrwydded yrru. Jonny ontefe!' Mae Lisa'n gwneud sioe o wafio mwg o'i hwyneb.

'Alla i byth gofyn iddo fe yrru fi o gwmpas fel rhyw blydi chauffeur.'

'Bydde fe wrth ei fodd!' medd Cath a wincio arna i.

'Bydde'n rhaid i fi dalu fe,' atebaf.

'Ti a fe. Mewn car. Hwyr y nos . . .' meddai Lisa'n pryfocio.

'Bydde fe'n fodlon dy dalu di!' Ac mae Cath yn rhoi cusan ar fy moch sy'n fy ngorfodi i wenu.

Mae rhywbeth arall yn fy mhoeni i. Rhywbeth dwi ddim yn gallu ei rannu gyda fy ffrindiau gorau ar hyn o bryd.

Pan o'n i yn yr ysgol uwchradd cafodd Mam waith i fi yn y Co-op lleol. (Roedd hi'n nabod y Manager.) Doedd y gwaith ddim byd sbeshal. Stacio silffoedd. Ond rown i'n edrych 'mlan. Ennill fy arian fy hun. Rown i'n mynd i safio i gael tocynnau i weld Gary Barlow yn canu'n fyw. Dim yr un mwya golygus yn Take That, efallai. Ond i fi roedd e'n lush.

Dau ddiwrnod cyn i fi ddechrau yn y Co-op ces i ddamwain fach. Torrais i fy mraich. Dyna ddiwedd ar y job. Allwn i ddim stacio silffoedd gyda braich mewn sling. Collais i'r gwaith. Collais i'r arian. A ches i byth fynd i weld Gary Barlow a Take That yn fyw.

A'r haf canlynol? Cwrddais i â Gary arall. A dyna fi'n dechrau ar lwybr hollol wahanol.

Mae Cath newydd orffen ei ffag. Mae Vicky'n bwrw Barbie yn erbyn y goetsh. Mae Lisa'n trio ei pherswadio hi i beidio gwneud hynny. Fydd Barbie ddim eisiau bod yn gleisiau i gyd cyn ei dêt gyda Ken. Mae'r drws yn agor. Daw chwa o awyr oer i mewn. Dwi'n tynnu fy nghardigan yn dynnach amdana i.

'Dwi ddim wedi gweithio erioed.' Mae'n rhaid i fi ddweud wrthyn nhw. Ac am ryw reswm mae'r ddwy'n troi fel un person ac yn edrych arna i.

PENNOD 7

MAE'N RHAID I BOB trefnydd brynu stoc o bethau i'w gwerthu yn y partïon. Dwi'n cael cyfeiriad e-bost 'Sexy Susan' gan Tina – y 'Sexy Susan' go iawn. Yna mae'r catalog yn cyrraedd ac mae Cath, Lisa a fi'n cael lot o sbort yn dewis pethau. Dwi'n falch o gael eu help nhw. Dwi'n un dda am ddewis dillad i fi fy hun. Ond dwi ar goll yn dewis dillad isaf i fenywod eraill!

'Nonsens!' medd Cath. 'Ti'n gwneud cannoedd o benderfyniadau bob dydd. Miloedd. Fel pob menyw arall, Ann . . .'

'Ond mae hyn yn wahanol. Beth ydw i'n wybod am bethau secsi?' holaf yn ansicr.

'Beth mae unrhyw un ohonon ni'n wybod?' dywed Cath, er ei bod hi'n wraig briod ers deg mlynedd.

'Speak for yourself.' Mae llygaid Lisa'n disgleirio ac mae ganddi wên slei ar ei gwefus.

'Atgoffa fi eto? Pam ni'n gwneud hyn, Ann?' gofynna Cath.

'Mae'n rhaid i fi gael stoc ar gyfer y parti cynta,' atebaf. 'Rhagor o win!'

Dwi'n arllwys mwy o win i bawb.

'Www, dewis lot o bethau neis. Am ddim. Fel pen-blwydd. Neu Dolig,' meddai Cath yn yfed llond ceg o win.

'Na. Dim yn hollol. Dim am ddim.'

Mae'r ddwy'n stopio'n stond.

'So – gad i fi weld ydw i'n deall pethau'n iawn,' meddai Cath yn plygu ei breichiau o flaen ei brest. 'Rwyt ti'n gorfod gwario arian cyn bod neb yn talu ceiniog i ti.' Dydy hi ddim yn impressed.

'Ydw. Fel'na mae pethau'n gweithio,' atebaf yn siarp. Dwi ddim yn lico clywed neb yn bychanu fy job newydd i.

'You've got to speculate to accumulate,' medd Lisa'n ddidaro.

R'yn ni'n edrych arni fel petai hi wedi llyncu geiriadur,

'Bues i allan gyda boi unwaith. Roedd e'n gweithio in the city. Dyna oedd e'n ddweud. Mae'n rhaid gwario pres i wneud pres.'

Dwi'n teimlo ias oer yn mynd i lawr asgwrn fy nghefn wrth gofio am y sêlsman werthodd ei hun i fi un tro.

'Beth sy 'da fi i golli?' ydy 'nghwestiwn i Cath a Lisa.

'Dy savings a dy self-respect,' yw ateb Cath.

Mae Di yn agor drws y stafell fyw. 'Mae Vicky'n methu cysgu,' ac mae'n gwneud llygaid llo bach arna i.

''Nôl, i'r gwely.' Dwi'n swno'n strict. Dwi eisiau rhoi cwtsh mawr iddi hi. Dwi'n ei dilyn fyny'r grisiau ac yn cnoi fy ngwefus. Dwi'n trio'n galed i anghofio beth ddywedodd Cath. Ond mae ei geiriau fel asid yn fy stumog yn fy mwyta i.

Dwi'n mynd i'r llyfrgell i anfon neges at Sexy Susan i ofyn am stoc. Mae'n teimlo'n od i ofyn i berson dierth am nipls siocled a thongs pvc.

Syrpreis. Mae'n eitha hawdd defnyddio'r compiwter. Troi e 'mlan. Clico ddwywaith ar y bocs 'Mail'. Gwasgu 'New' ac awê â chi. Dwi ddim yn gorfod gofyn i Will tu ôl i'r ddesg am help un waith. Diolch byth. Dwi yma mor aml dyddiau hyn, dwi'n ofni y bydd e'n meddwl 'mod i'n ei ffansïo fe!

Hi Susan! Shwmai? Dwi'n . . .

Dwi'n styc. Dwi'n darllen beth dwi wedi ei ysgrifennu. 'Hi Susan! Shwmai?' Pwy dwi'n feddwl ydw i?! Ei ffrind gorau?!! Mae'r person yma'n foss arna i! Bydda i'n cael y sac os na fydda i'n dechrau dangos bach o barch!

Dwi'n trio eto.

Annwyl Susan, dwi'n ysgrifennu atoch chi i . . .

46

I beth? Ysgrifennu atoch chi i ddangos person mor stiff a boring ydw i? Person mor gwbl anaddas i fod yn drefnydd partïon dillad isaf y bydd yn rhaid i chi roi'r sac i fi'n syth!

Dwi'n dal Will yn edrych draw tuag ata i. Dwi'n gwenu. Yna, dwi'n cofio 'mod i ddim eisiau iddo fe feddwl 'mod i'n ei ffansïo fe. Dwi'n gwgu a thrio eto.

Helô Sexy Susan, sut 'ych chi?
Ann ydw i a dwi'n ecseited iawn am ddod yn un o'ch trefnwyr partis chi! Dwi eisiau trefnu fy mharti cynta i cyn bo hir. Alla i gael y pethau yma, os gwelwch yn dda . . .

Dwi'n teipio fy archeb fel rhestr siopa. Dim fy rhestr siopa arferol rhaid cyfadde! Byddai Kwiks ddim yn nabod y rhestr yma!

Dau set bra a knickers sidan. Un gwyn ac un du.
Un set bra a knickers les. Lliw – coch.
Un bocs siocledi gwefusau. Un nipls.

So far, so good. Ond, dwi'n cochi jyst wrth deipio'r gweddill.

Handcuffs ffwr. Un.
Coler ci diamonique. Un.
'Lick Me'. Potel. Un mefus. Un tropical.
'Kiss Me'. Potel. Un siocled.
'Love me'. Gêm.
'Air Hostess'. Gwisg. Un. One size fits all.
Gwelltiau cala gwyllt. Set o ddeuddeg.
Diolch yn dalpiau!
Cofion,
Ann

Dwi'n gwasgu "Send" cyn i fi newid fy meddwl.

Mae Will yn edrych draw ffordd hyn eto. Dwi'n siŵr ei fod e'n gwybod beth dwi'n ei wneud. Efallai'i fod e'n seicic. Neu efallai'i fod e'n gallu gweld beth dwi'n teipio ar ei gompiwter e. Rhaid cofio gofyn i Lisa neu Cath cyn anfon rhagor o e-byst amheus.

Dwi'n agor fy ngheg. Chysgodd Vicky bron ddim neithiwr. Wrth gwrs, mae'n cysgu nawr fel, wel, fel babi . . . Lwcus. Efallai fod Will ddim yn lico plant. Efallai'i fod e'n poeni bod Vicky am ddihuno unrhyw funud a sgrechen dros y lle i gyd a wedyn byddai'n rhaid iddo fe ofyn i ni adael. O flaen pawb. Dwi'n dal i feddwl am yr hunlle fach yna, ac yn dechrau mynd yn chwys oer i gyd pan mae rhywbeth yn fflachio ar sgrin.

Neges.

Dwi'n clico ddwywaith ac yn darllen.

> Hia Ann!
> Croeso i'r teulu!
> Achos bo ti'n un o'r teulu byddai'n od galw ti'n 'chi'. Does dim rhaid i ti alw fi'n 'chi' chwaith. Gobeithio y byddwn ni'n ffrindiau da.
> Newydd ddarllen rhestr ti. 'Lick me. Kiss me. Love me.' Diddorol. Ti ddim yn swil, wyt ti? Da iawn. Dyw trefnwyr partïon swil yn dda i ddim!
> Jyst jocan. Does dim eisiau bod yn rhy serious yn yr hen fyd yma, oes e? Digon o bethau drwg yn digwydd. Braf cael bach o sbort tra bo ni'n gallu. Gobeithio cei di lot o sbort yn trefnu partïon. Os na chei di, dwi eisiau gwybod!
>
> Hwyl,
> Sue

Mae Susan yn lyfli! Sue dylen i ei ddweud. Dwi'n cael ei galw hi'n Sue. Dydy hi ddim fel boss o gwbl. (Dim y bydden i'n gwybod beth yw boss da neu ddrwg, wrth gwrs.) Mae Sue yn lyfli! Dwi eisiau bod yn ffrind gorau iddi hi!

Dwi'n teimlo'n dda a daw sŵn bach fel ceffyl yn gweryru allan o fy ngheg. Am ryw reswm mae Will yn troi ac yn edrych arna i.

PENNOD 8

NEWYDD GYRRAEDD 'NÔL YDW i pan mae Jonny'n galw. Roedd Vicky wedi dihuno ar y ffordd 'nôl i'r tŷ a dechrau sgrechian dros Gymru eisiau dod allan o'r goetsh. Dydy hi ddim yn cael! Mae pawb yn syllu. Mam ddrwg.

Cyn gynted ag y mae'n gweld Jonny mae'n gwenu dros y lle i gyd. Bwbach bach. Mae fy ewfforia cynt wedi diflannu. Dwi'n bla o boenau bach. Ydw i wedi gwneud y peth iawn am y coleri ci? Rhyw bethau fel'na sy'n mynd trwy fy meddwl i. Wedyn, dwi ddim cweit ar yr un wavelength â Jonny pan mae e'n dechrau sôn am newid y washer ar dap dŵr poeth y bath.

'Meddylia am yr environment. Dim ond hyn a hyn o resources sy ar y blaned,' mae'n pregethu wrth fynd ati i dynnu top y tap â sbaner fawr.

Coleri diamonique dwi wedi eu harchebu. A fyddai emeraldique wedi bod yn well? Mwy gwahanol?

'Fe ddylen ni i gyd fod yn gwneud ein tipyn bach. Troi'r gwres i lawr un. Insulation.

Lagging,' meddai Jonny'n stryffaglu. Roedd top y tap wedi ei sgriwio'n dynn.

Oedd angen coleri ci o gwbl? Pwy yn ei iawn bwyll fyddai'n gwisgo pethau fel'na yn y stafell wely beth bynnag?! Rhaid 'mod i wedi cael pwl dwl! Hynny, a bod Lisa'n dweud eu bod nhw'n effeithiol iawn.

Tawelwch am funud fach. Un ymdrech fawr. Daeth top y tap yn rhydd. Mae Jonny'n cael sioc ac yn gollwng y sbaner gyda chlonc. Dydy hi ddim yn stafell molchi fawr, felly pan mae e'n neidio 'nôl mae'n cwympo yn fy erbyn. Mae ei gorff yn teimlo'n gynnes ac yn gwynto o siwgr a mwsg.

'Sori.' Mae'r geiriau'n swnio'n lletchwith.

'Fi ddylai fod yn sori. Dwi ddim 'di bod yn gwrando gair. Mae gen i lot ar fy meddwl.' Dw i ddim yn esbonio.

'Dwi'n gwybod.' Mae Jonny'n sythu ei hun.

'Wyt ti?' Dwi'n teimlo'n oer yn sydyn iawn.

'Ydw.'

'Y diwrnod o'r blaen . . . dechreuais i . . .'

Mae Jonny'n torri ar fy nhraws.

'Does dim eisiau i ti egluro. Dyw e ddim fel petaen ni'n, wel, ti'n gwybod.'

Mae Jonny'n ailafael yn y sbaner. Mae ei egni i gyd yn mynd i dynnu'r hen washer. Yr hyn sy'n weddill ohono. Mae'n sychu ei law yn erbyn ei drowsus. Yna, mae'n troi at ei focs twls.

'Ond r'yn ni'n ffrindiau.' Mae'r geiriau'n dod mas yn un ffrwd. 'Y diwrnod o'r blaen . . . god knows beth oedd yn mynd trwy dy feddwl di!'

Dwi'n chwerthin. Mae'n swnio'n ffals. Dwi'n trio bod yn ysgafn. Dyn a ŵyr pam! Dwi'n swnio fel rhywun o'i gof.

'Dyw e ddim yn fusnes i fi,' medd Jonny'n gwbl bendant.

Roen ni wedi mynd i'r arfer o ddweud pethau wrth ein gilydd. Mae'n teimlo'n od peidio â dweud wrtho fe am Sexy Susan a fy job newydd i. Pam dwi ddim yn dweud wrtho? Oes cwilydd arna i? Oes ofn arna i beth fydd e'n ei feddwl?

Dwi'n mynd lawr staer i weld bod Vicky'n iawn. Mae hi'n chwarae'n dawel yn y playpen. Mae hi'n sgrechen yn hapus pan mae'n fy ngweld i ac yn estyn morthwyl bach tegan ata i.

'Ti'n iawn, Vicky bach. Beth am fwrw Mam ar ei phen gyda morthwyl?'

Dwi'n codi Vicky. Mae hi'n drewi. Dwi'n newid ei nappy heb ddweud yr un gair a sŵn cnoc, cnoc yn dod o'r stafell molchi uwch fy mhen.

Mae gwell hwyliau arna i pan ddaw Jonny i lawr ata i.

'Paned?' dwi'n gofyn yn serchog. Mae'n nodio ei ben yn hapus ac yn dechrau siarad.

'Fi 'di bod yn meddwl. Ti eisiau . . .? Wel . . .'

Mae Jonny'n methu codi ei lygaid ac edrych arna i. Beth mae e wir eisiau'i ddweud?

Dwi'n rhewi. Dyma'r foment dwi wedi bod yn hanner ei disgwyl. Dyma'r foment dwi wedi bod yn arswydo. Dyma'r foment pan dwi'n cael gwybod bod Cath a Lisa yn iawn – mae Jonny yn fy ffansïo i ac mae e'n gofyn i fi fynd am ddêt.

'Ti eisiau . . . i fi ddod gyda ti i ddewis lliw paent i'r gegin? Gweld ti'n hir yn penderfynu.'

Dwi'n dechrau chwerthin nerth fy ysgyfaint. Mae Jonny, wrth gwrs, yn edrych yn syn arna i.

PENNOD 9

Helô Ann, sut wyt ti?

Sexy Susan

Annwyl Susan. Dwi'n stressed! Dwi byth yn mynd i wneud popeth!

Ann Haf

Annwyl Ann Haf,

Yn gyntaf. Paid â stressio!
Ti'n trefnu parti. Ti ddim yn trefnu heddwch i'r byd achos bod day off gyda Bob Geldof.
Yn ail. Ti'n gallu llwyddo! Neu fydden i ddim wedi rhoi'r job i ti.
Tri. Llai o'r "annwyl" Susan. Plîs.

Susan

O.N. Ti'n trio dweud bo fi'n foss gwael am bo fi'n dy ddewis di?!

Annwyl Susan

Na, dim o gwbl!

Ond mae'n rhaid i fi wneud yn siŵr bod pobol yn dod . . . trefnu gêmau . . . trefnu'r stoc . . . dysgu'r prisiau . . . mynd trwy'r catalogs . . . dysgu fy speech . . . practiso'r speech . . . trefnu babysitter . . . breibo'r plant . . . breibo'r babysitter . . . prynu gwin.

Byddai hi'n haws trefnu heddwch dros y byd pe bai Bob Geldof ar day off!

Ac mae'n rhaid i fi wneud yn siŵr bod pobol yn dod.

Ann

Ti wedi dweud hynny unwaith!

Ti eisiau i fi e-bostio'r Pab, Mother Teresa a Bob Geldof i ddweud bo ti'n creu heddwch dros y byd tro yma?

Pryna win. Agora'r gwin. Arllwysa glased o win i ti dy hun a chill!

Orders,

Sue

God, ti'n bossy! Allen i feddwl bo ti'n foss arna i!

Ann

A ti 'di mynd yn cheeky! Mwnci bach.

Sue

Mae'r wythnos nesa'n un ras fawr. Dwi ddim yn cael amser i fynd i'r tŷ bach! O'r diwedd mae'r noson fawr yn dod. Mae Tina yno i'n helpu i. Diolch byth. Mae hi'n camu i mewn pan dwi'n anghofio'r speech. Wel, dwi ddim yn anghofio'n union. Dwi'n dechrau'n ocê. Ond dwi'n gwneud y mistêc o feddwl gormod am eiriau'r speech. Ac wedyn mae'r geiriau'n mynd yn sownd yn fy ngwddw. Ddôn nhw ddim allan.

Mae Tina'n camu i mewn pan mae ffrae ynglŷn â phwy enillodd y gêm gobstoppers. Dwi erioed wedi gweld ymladd mor ffyrnig dros bâr o edible knickers. Rhwng mam a merch. Mae Tina'n trio camu i mewn pan mae tair hen fenyw briod yn gweld dwy jar fawr o 'Love Juice – Passion Guaranteed.'

'Fi welodd e gynta!'

'Dwi angen e'n fwy na ti. Fi sy 'di bod yn briod hira!'

'Fy mharti i yw e.'

'A fi yw trefnydd y parti. A dwi'n dweud bod digon o "Love Juice" i bawb. Mae digon o bopeth i bawb dim ond i chi ordro fe.' Dwi'n synnu fy hun trwy ddweud hynny i gyd!

Dwi wedi ffeindio fy llais. Ac mae pobl yn gwrando ac maen nhw'n ordro. Mae Tina a fi'n gwneud chwe deg punt – tri deg punt yr un. Ac mae yna newyddion da arall hefyd. Rhaid i fi ddweud y newyddion da wrth Tina.

'Mae Velda wedi gofyn i fi wneud parti arall. Ond mae'n byw gyda'i rhieni. So, dwi wedi dweud gall hi gael y parti yn fy nhŷ i,' a dwi'n gwenu.

'Velda edible knickers?' mae Tina'n gofyn wrth iddi bacio'r dillad sidan a les i focs mawr.

'Ie.' Dw i wrth fy modd.

Ac am ryw reswm mae Tina'n codi ei phen ac edrych arna i'n syn.

PENNOD 10

Hia Ann, sut wyt ti mwnci?

Sue

Hi bossy Sue. Dwi'n dda – o gofio bod fy noson fawr gynta fi heno – heb Tina!!

Ann

Dwi'n cofio tro cynta fi . . . Rown i'n nerfus iawn cyn dechrau. Erbyn i fi ddechrau joio, roedd y cwbl drosodd!

Sue

Ha ha. Ti'n meddwl am unrhyw beth arall o gwbl?

Ann

Lambrini a bocs o Milk Tray?

Sue

O god, Lambrini! Gobeithio bod digon o win 'da fi!

Ann

Does dim fath beth â digon o win. Cer i helpu dy hun i lased. Dutch Courage.

Sue

Ti eisiau gwneud fi'n alcoholic?

Ann

Na, dwi eisiau gwneud ti'n filiynêr.

Sue

Hy! Mwy o tjans 'da fi i briodi miliynêr.

Ann

Hei, byddai unrhyw filiynêr yn lwcus o gael ti. Break a leg. No offence x

Sue

'Run peth nôl x

Ann

Canodd cloch y drws. Rown i'n disgwyl rhagor
o ffrindiau swnllyd Velda. Roedd tair o'r rheini
– a Velda ei hun – yn y stafell fyw yn llowcian
gwin, yn sgrechian ar dop eu lleisiau ac yn
byseddu fy nillad isaf i.

Rown i'n gobeithio y byddai'r cymdogion
ddim yn ffonio'r Environmental Health.

Roedd Di wedi bod lawr staer bedair gwaith
yn cwyno'i bod hi'n methu cysgu. Rown i'n
rhedeg allan o Milky Bars i'w breibio hi. Oedd
rhagor o ffrindiau swnllyd Velda yn dod?

Galwodd Mam a Mrs Glover ar eu ffordd
gartre o'r Bingo.

'Paid sefyll fan yna fel llo. Gad ni fewn. Chi'n
oer, Jane? Dwi'n rhewi. Allan o'r ffordd, Ann.
Gad i'r pensioners weld y tân,' meddai Mam.

Roedd hi wrth ei bodd yn chwarae rôl y
bensiynwraig fach, druan ohoni. Ond dim ond
pan oedd e'n ei siwto hi. Roedd hi yn y
cyntedd cyn i fi gael tjans i anadlu. Un peth da
am fod tu ôl iddi hi. Rown i methu gweld ei
hwyneb pan gerddodd hi mewn i'r stafell fyw
a gweld un o ffrindiau llai swil Velda yn trio
tegan newydd. Tegan o'r enw, 'Who needs a
man when you got me'.

'Wps, sori,' meddai'r ffrind. Ei henw oedd
Tania Tooting.

'Rhagor o win?' gofynnodd Velda.

'Un bach i gynhesu. Beth chi'n ddweud, Jane?' meddai Mam.

A dyna ddiwedd y crisis cynta.

Rown i wedi stryglo trwy'r speech. Dwi ddim yn gwybod shwt!

Dwi ddim yn meddwl bod neb wedi sylwi 'mod i wedi galw 'day garter' yn 'gay garter' a 'bear pouch' yn 'affair pouch'.

Doedd Mam ddim yn gwrando. Roedd Mrs Glover yn drwm ei chlyw. Ac roedd Velda a'r giang yn pissed ar Lambrini. Roedd pethau'n mynd yn ocê.

Dylen i wybod bod pethau byth yn mynd yn ocê i Ann Haf am hir.

'Cut to the chase,' meddai Velda. 'Dwi ddim yma i glywed stori boring Sexy Susan. Dere i ni weld y toys.'

Sgrechiodd y merched yn gytûn.

'Beth yw hwn?' gofynnodd Tania gan afael mewn 'Love Aid' diddorol ei siâp.

'Come on, Ann. Dangos i ni shwt mae e'n gweithio. Beth 'yn ni fod i' wneud â hwn?' meddai Velda.

Meddyliais am yr hyn rown i'n gofio o'r manual. Meddyliais am Mam yn gwrando arna i'n dweud beth rown i'n gofio o'r manual.

'Ti wedi ei ddefnyddio fe, wyt ti?' gofynnodd Velda.

Do'n i ddim. Oedais am eiliad cyn ateb. Roedd hynny'n ddigon o ateb i Velda a'i ffrindiau. Fe ddechreuodd y merched sgrechian chwerthin fel anifeiliaid.

Dim fy mai i oedd yr hyn ddigwyddodd wedyn. Sut o'n i fod i wybod y byddai un o gobstoppers Holly Berry'n mynd lawr ffordd wrong? A, ie, Holly Berry oedd ei henw hi.

Roedd Holly'n tagu. Roedd hi'n troi'n las. Panic! Rown i'n trio cofio beth oedd enw'r peth yna ag enw hir. Chi'n gwybod, ble chi'n rhoi eich breichiau o gwmpas person a'u gwasgu nhw i achub eu bywyd.

'Heimlich manoeuvre!' gwaeddodd Velda.

Diolch byth am Velda. Doedd hi ddim yn nyrs ond roedd hi'n ffan mawr o *Casualty*. Rhoiodd ei breichiau cryf o gwmpas Holly a gwasgu'n dynn. Am eiliad ddigwyddodd dim byd. Yna, agorodd Holly ei cheg. Saethodd y gobstopper allan fel bom. Achubodd hi fywyd Holly.

Trueni bod y gopstopper wedi bwrw'r botel Lambrini ar y bwrdd. Cwympodd y Lambrini yn erbyn potel arall, ac un arall, ac aethon nhw i gyd lawr fel dominos. Ar ôl hynny doedd dim diddordeb gyda'r merched yn y catalogs na'r stwff caru. Ffeindio rhagor o alcohol oedd eu diddordeb nhw. Un ar ôl y llall fe ddiflannon nhw. Rown i wedi gwario ffortiwn ar win a dim un ohonyn nhw wedi gwario dim.

Ond roedd dwy fenyw ar ôl, ac roedd yna ddau order. Mam a Mrs Glover.

Trueni na fydden nhw wedi mynd i'r dafarn gyda Velda a'r giang. Achos roedd yn rhaid i fi wrando ar . . .

Mam: Mae hwnna'n un mawr.
Mrs Glover: Do'n nhw ddim yn gwneud rhai fel'na pan o'n i'n ifanc.
Mam: Dibynnu ble chi'n edrych.

Chwerthin mawr fel dwy wrach.

Mam: Ydyn nhw'n dal i wneud Strawberry Lick?
Mrs Glover: Ydy e'n neis?
Mam: Dwi ddim yn gwybod. Dim fi oedd yn llyfu fe!

Rown i'n teimlo'n ofnadwy! Roedd yn rhaid i fi siarad â rhywun.

Fy ffrind gorau i y dyddiau yma oedd Sue. Sexy Sue.

Roedd cwilydd arna i. Roedd Cath a Lisa wedi bod yn ffrindiau da. Roedd yn gas gen i pan welais i Cath tu allan i gatiau'r ysgol a hithau'n dweud 'Hia, stranger' wrtha i.

Doedd dim amser gen i i esbonio pam do'n i ddim yn ffonio, pam do'n i ddim yn mynd i'r caffi, pam o'n i mor brysur. Rown i wedi cadw pethau i fi fy hun ar ôl Gary a Lee. Nawr, rown i eisiau dweud. Ond sut oedd esbonio ei bod hi'n haws siarad ar e-bost gyda ffrind do'n i ddim wedi cyfarfod na siarad gyda ffrind go iawn?

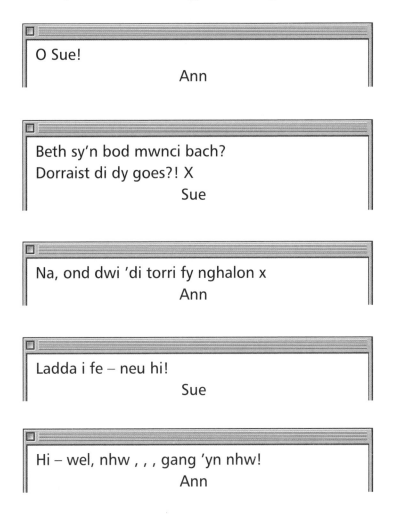

O Sue!

Ann

Beth sy'n bod mwnci bach?
Dorraist di dy goes?! X

Sue

Na, ond dwi 'di torri fy nghalon x

Ann

Ladda i fe – neu hi!

Sue

Hi – wel, nhw , , , gang 'yn nhw!

Ann

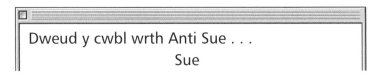

Dweud y cwbl wrth Anti Sue . . .
                          Sue

Ocê. Ond mae'n stori hir . . .
                          Ann

PENNOD 11

28 OED. DIVORCED. Dau o blant.

Doedd pethau ddim i fod fel hyn. Dim y bydden i'n eu newid nhw am y byd. Y plant. Dydy bywyd ddim yn fêl i gyd. Ond nhw sy wedi fy nghadw i fynd.

Mae'n gwneud i fi feddwl am ddoliau. Chi'n gwybod pam mae gan ddoliau enwau mor posh? Does dim un dol yn y siopau mawr gydag enwau fel Sharon a Tracey ac Ann. Roedd gen i ddol pan o'n i'n ferch fach. Roedd ganddi lygaid glas a bochau coch a gwallt melyn. Roedd hi'n siapus. Gwast denau. Pen-ôl da. Coesau hir. Bronnau pert. Ei henw hi oedd Annabel.

Pam mae gan ddoliau enwau mor posh? I wneud i bob merch fach feddwl ei bod hi'n well nag yw hi. I wneud iddi hi feddwl y bydd hi'n tyfu i fyny i fod yn dywysoges. Mae'n swno'n dwp nawr, ond pan o'n i'n ferch o'n i'n meddwl y bydden i'n tyfu i fod jyst fel Annabel.

Ac achos 'mod i fel Annabel bydden i'n cwrdd â thywysog golygus ac yn byw mewn castell o dŷ. Yna, bydden i'n cael lot o Annabels bach ac yn aros yn briod am byth, fel Dad a Mam. Dyna beth oedd breuddwyd ffŵl.

Rown i'n dair ar ddeg pan gafodd y freuddwyd ei chwalu. Des i gartre o'r ysgol ac roedd Dad yno. Roedd hynny'n rhyfedd. Roedd Dad yn weldiwr mewn gweithdy trwsio ceir. Roedd e'n dod adre i swper am chwech – ar wahân i ddydd Llun pan oedd e'n cael diwrnod bant achos roedd e'n gweithio ar ddydd Sadwrn.

Rwtîn. Dyna gyfrinach priodas Mam a Dad. Saff. Dibynadwy. Roeddech chi'n gwybod ble o'ch chi gyda Mam a Dad.

Ond roedd e adre a doedd hi ddim yn ddydd Llun. Roedd hi'n dawel yn y tŷ. Dim mwmian y radio yn y cefndir. Dim Mam yn canu carioci i ryw hen gân. Dim cloncan na swper yn ffrwtian yn y gegin gefn.

'Helô!' galwais. Dim ateb am dipyn bach, dim ond sibrwd o'r stafell fyw. Yna, 'Fan hyn.' Llais Dad. Stiff. Dierth.

Roedd Mam ar y soffa, yn eistedd yn llonydd. Doedd hi byth yn llonydd. Cynrhon yn ei thin, dyna Mam! Roedd Dad yn sefyll wrth y lle tân yn ei oferôls. Roedd e wedi golchi ei ddwylo ond roedd stremps tywyll arnyn nhw o hyd. Roedd ei fraich yn pwyso ar y silff ben tân, yng nghanol yr ornaments, fel pe bai e ar fin rhoi speech. Dwi'n cofio meddwl, 'Bydda'n ofalus gyda'r ornaments adar! Neu fe fydd 'ma le!' Roedd Mam wrth ei bodd gyda'i hadar.

Ond dim aderyn oedd ar fin dianc oddi ar y silff ben tân a chwalu'n bywydau ni'n deilchion. Dad oedd ar fin ffoi o'n bywydau ni.

'Mae gan dy dad rywbeth i' ddweud.' Roedd llais Mam yn torri.

Dwi'n cofio fy mrest yn dynn, fel petai pwysau'n gwasgu arno. Dwi ddim yn cofio union eiriau Dad. Doedd e ddim yn hapus ac roedd e'n sori, un ar ôl y llall, fel dagrau.

Dwi ddim yn gwybod ble aeth e. Ati hi, mae'n siŵr. Ar ôl iddo fe fynd, dwi'n cofio bod yn grac gyda Mam. Grac bod y fenyw oedd yn gweithio mor galed i gadw ein bywydau ni mewn trefn wedi gadael iddo fe fynd heb frwydr, heb air o'i phen. Rown i'n grac ei bod hi heb addo'r byd i Dad er mwyn ei gadw fe gyda ni. Hyd yn oed bryd hynny, yn dair ar ddeg oed, dylen i wybod yn well.

Rown i'n un deg wyth pan gwrddais i â Gary. Rown i yn y coleg F.E. yn dysgu teipio i fod yn ysgrifenyddes. Syniad Mam. Rown i wedi cael llond bol. Do'n i erioed wedi bod y gorau am sticio yn y dosbarth. Rown i wedi cael digon ar ysgol, ar goleg, ar wersi. Rown i am fynd allan i'r byd mawr a dechrau byw bywyd go iawn. Anghofiwch am ddysgu pa fys oedd yn mynd ble ar y keyboard, rown i eisiau codi dau fys ar y coleg. Rown i eisiau mynd yn syth i'r swyddfa fawr i weithio i foss pwysig ac ennill arian da.

Roedd Gary'n deall yn iawn. Roedd ganddo freuddwydion mawr fel finnau.

Roedd e'n paentio'r railings o gwmpas y coleg pan gwrddais i ag e tro cynta. Ond rhywbeth dros dro oedd hynny. Tamaid i aros pryd, tra ei fod e'n safio digon o arian i ddechrau busnes paentio ei hun.

Dwi'n meddwl mai dyna oedd y plan mawr pan gwrddais i ag e. Dyna Gary. Roedd wastad rhyw blan mawr 'da fe, ond doedd dim byd byth yn dod ohono fe.

Roedd Gary a'i fêt, Mike, yn arfer chwibanu arnon ni ferched wrth i ni fynd heibio ar ein ffordd i'r dre amser cinio. Dywedodd Gary ei fod e wedi sylwi arna i o'r dechrau. Roedd e wedi gweld 'mod i'n sbeshal, gweld potensial.

'Roeddet ti'n disgleirio fel seren. Seren go fawr, gyda thin fel'na!'

Dyna roedd e'n arfer ei ddweud a chwerthin

dros bob man. Rhoi compliment a fy nhynnu i lawr yr un pryd. Dwi'n gallu gweld hynny nawr. Ar y pryd rown i'n meddwl ei fod e'n fy addoli i.

Breuddwyd Gary oedd gweithio iddo fe ei hun. Dyna oedd fy mreuddwyd innau hefyd, ond 'mod i ddim wedi dweud wrth neb cyn i fi gyfarfod Gary. Rown i'n gallu gwnïo tipyn bach. Dim fi oedd y gwaetha yn y dosbarth. Rown i'n hoffi dillad, fel y rhan fwya o ferched ifanc. Ond, rown i'n lico meddwl bod 'da fi steil fy hun. Rown i'n rhwygo ambell neckline, yn gwnïo botwm neu ddau ar goler neu lewys, ac yn gwisgo sgarff fel belt neu'n gorffen outfit gyda het.

Weithiau, roedd ffrindiau'n gofyn ble rown i wedi cael y peth a'r peth, ac rown i'n gallu dweud yn browd ei fod e wedi dod o fy mhen fy hun. Breuddwyd ffŵl oedd hi. Rown i'n dod o dre fach yng ngorllewin Cymru. Faint o gontacts oedd gen i yn y byd ffasiwn? Zip. Dim. Ac unwaith i ni briodi, roedd gan Gary freuddwyd arall i fi.

'Hia,' meddai Gary.

Roedd hi'n wanwyn mwyn. Roedd Gary a Mike yn paentio railings y coleg ers wythnosau. Dyma'r tro cynta iddo fe siarad â fi.

'Beth yw dy enw di?' gofynnodd.

'Ann,' atebais i.

Dwi'n cofio'r haul yn gryf ar fy nghefn a Gary'n edrych arna i trwy lygaid cam achos y sglein yn ei lygaid.

'Galla i fynd adre'n hapus nawr. Ni'n gorffen heddiw. Wela i monot ti eto, Ann,' meddai. Roedd e'n edrych yn drist.

Dim fe oedd y bachgen mwya golygus yn y byd. A dim Gary Barlow oedd y mwya golygus yn Take That. A doedd dim ciw o fechgyn yn aros i siarad â fi! Felly, dwi'n cofio teimlo trueni na fydden ni'n dod i nabod ein gilydd yn well.

Dylen i fod wedi cerdded bant. Ond, nes i ddim symud. Roedd fel pe bai fy nghoesau wedi plannu eu hunain yn y palmant, fel y railings.

'Beth ti'n wneud? Aros i fi ofyn i ti am ddêt?' gofynnodd Gary gyda gwên.

'Y, na. O'n i jyst, yn, y . . .'

Cofio'r cwilydd hyd heddiw. Finnau'n cochi. Gary'n chwerthin yn galetach.

'Yr hat! Well i fi fynd â ti mas cyn i ti gael dy hun i drwbwl,' meddai. A gan gymryd fy rhif ffôn a rhoi winc i fi, aeth Gary'n ôl at y paentio.

Unwaith 'mod i'n gariad i Gary doedd dim

troi 'nôl. Do'n i ddim eisiau mynd yn ysgrifenyddes beth bynnag. A dangosodd Gary 'mod i'n rhy dda i hynny. Estynna am y sêr ac efallai y cyrhaeddi di'r lleuad, meddai e. Roedd Gary'n gwneud i fi deimlo y gallwn i wneud unrhyw beth. Doedd dim gwahaniaeth 'mod i wedi colli fy ffrindiau achos 'mod i'n treulio fy amser i gyd gydag e. Doedd dim gwahaniaeth 'mod i wedi gadael y coleg cyn gwneud yr arholiadau. Doedd dim gwahaniaeth am y pethau yma i gyd achos roedd e'n fy ngharu i a rown i'n ei garu fe. Ac roen ni'n hapus. Dwi'n siŵr ein bod ni'n hapus. Wnes i ddim dychmygu hynny.

Ro'n ni wedi dyweddïo y tro cynta iddo golli ei dymer yn rhacs gyda fi. Dwi'n lico meddwl fydden i ddim wedi ei briodi fe pe bawn i'n gwybod yn gynt. Bydden i'n gallach. Ond efallai y bydden i wedi gwneud yr un peth yn union.

Pen-blwydd Mike yn 21 oed. Roedd y bois wedi bod allan trwy'r prynhawn yn yfed. Roen ni'r merched wedi mynd i gwrdd â nhw tua saith am bryd o fwyd. Do'n i ddim yn nabod y merched yn dda iawn. Do'n i byth yn mynd allan. Ond roedd Bethany, cariad Justin, wedi rhoi lifft i fi i'r Indians chwarae teg.

73

Roedd Gary wedi meddwi. Rown i'n disgwyl hynny. Ond, roedd e'n fwy meddw na Mike. Roedd e'n gweiddi pethau dwl yn yr Indians. Pethau stiwpid. Roedd pawb yn edrych. Dwi ddim yn gwybod beth oedd y waiters yn meddwl ond bydden i wedi deall yn iawn pe baen nhw wedi taflu Gary allan. Rown i'n trio dweud wrtho fe am fod yn dawel. Ond doedd e'n gwrando dim. Dechreuodd e weiddi ar dop ei lais am beint arall. Pan wrthododd y waiters, aeth e off ei ben. Diolch byth bod Mike a Justin yno i fy helpu i'w gael yn y tacsi.

O'n i'n meddwl y byddai popeth yn iawn wedyn, y bydden ni'n dau'n mynd i'r gwely a chysgu trwy'r nos a dihuno'r bore wedyn. Ond doedd Gary ddim eisiau mynd i'r gwely. Roedd ganddo rywbeth i'w ddweud a doedd neb yn mynd i'w stopo y tro yma,

'Ti'n sbwylo fy sbort i. Ti'n sbwylo 'mywyd i. Ti'n ast sych. Ti'n iâr swnllyd. Ti'n slag. Ti'n anwybyddu ffrindiau fi. Ti'n fflyrtio gyda ffrindiau fi. Dwi'n gorffen gyda ti. Nawr. Dwi ddim yn dy garu di.'

Roedd ei lais e'n codi'n uwch ac yn uwch, ac rown i'n mynd yn llai ac yn llai nes o'n i mor fach do'n i ddim yn gallu teimlo dim byd.

Yn y diwedd, aethon ni i'r gwely. Cysgodd Gary trwy'r nos. Gorweddais i yno, yn gwrando arno'n anadlu, rhag ofn y byddai fy angen i yn y nos.

Roedd hi wedi amser cinio arno fe'n codi. Dywedodd sori. Trwy ei din. Dylen i fod wedi gwybod bryd hynny. Ond rown i'n dwp. Briodes i fe ta beth.

Buodd yna gyfnodau da ar y cychwyn. Dim ond weithiau byddai pethau'n mynd yn ddrwg. Ond, wedyn, roedd yna lai o gyfnodau da a mwy o amser drwg.

Eto rown i'n byw mewn gobaith o hyd. Gobeithio y byddai plan mawr newydd Gary'n digwydd y tro hyn. Gobeithio y bydden i'n disgwyl babi. Gobeithio y byddai'r babi'n newid pethau, newid Gary. Gobeithio na fyddai e ddim yn gadael.

Trwy'r amser roedd rheswm i fi beidio gweithio. Gallen i ddefnyddio fy nhalent i wneud ffrog briodas, i wneud llenni i'r tŷ, dillad i'r babi. Roedd e'n gwneud sens ar y pryd. Rhyfedd fel mae'r pethau mwya od yn gwneud sens mewn byd sy'n llawn o nonsens.

Fe glywais i fod Gary wedi mynd i Ffrainc i fyw. Ond dwi'n gwybod yn well. Dyma un arall o freuddwydion mawr Gary na fyddai byth yn dod yn wir.

PENNOD 12

SÊLSMAN OEDD LEE. Cwrddais i ag e yn y dafarn. Y Puffin Piws. Roedd Di wedi dechrau'r ysgol ac yn tyfu'n gyflym. Rown i wedi dechrau meddwl 'mod i'n gallu byw bywyd unwaith eto. Roedd Mam yn cynnig carco weithiau, dim ond 'mod i ddim yn dod adre'n rhy hwyr nac yn rhy feddw. Weithiau byddwn i'n derbyn ei chynnig hi.

Roedd Lee'n sêlsman da. Gwerthodd ei hun i fi fel dyn smart, dyn neis, dyn solet gyda swydd dda. Jyst y peth i fenyw â phlentyn. A dwi'n gwybod na ddylen i ddim meddwl fel'na, jyst achos ei fod e'n prynu cwpl o ddrincs, rhoi cwpl o gompliments. Breuddwydio am y dyfodol o'n i!

Teimlo'n flin drosta i oedd e, mae'n siŵr. Fel arall, byddai e wedi dewis un o'r ddwy arall. Ond roedd Cath yn briod ac roedd Lisa'n stunning, y ddwy allan o'i gyrraedd. Roedd hi lot haws mynd am darged rhwydd, mam sengl fel fi.

Y noson gynta yna, do'n i ddim yn meddwl y byddai e'n troi i fyny.

Y tro cynta i ni drefnu cwrdd â'n gilydd yn lle digwydd gweld ein gilydd yn y dafarn, aeth e â fi am bryd o fwyd. Cerddais i fyny'r staer yn gwylio fy hun yn y drych tonnog ar hyd y wal. Roedd e fel gwylio fy hun yn un o'r mirrors ffyni yna yn y ffair. Tal. Byr. Tenau. Tew. Ro'n i'n gwybod beth roedd fy siâp go iawn. Pam rown i wedi gadael i Cath fy mherswadio i wisgo sgert? Rown i'n llawer mwy hapus mewn trowsus ers cael Di.

Ces i fenthyg y pants sbeshal yna roedd Lisa bob amser yn eu gwisgo ar ddêt cynta. Mae'n rhaid i floneg fynd rhywle. Roedd fy mloneg i wedi dod off fy mol a fy mhen-ôl yn bert. Ond roedd e'n edrych fel petawn i wedi stwffio toilet rôls rownd fy ngwast i gyd.

Rown i wedi bod yn nerfus trwy'r dydd. Erbyn i fi gyrraedd y lle bwyd, rown i wedi perswadio fy hun fyddai Lee ddim yno. Dim dyma'r math o le byddwn i'n mynd iddo, beth bynnag. Rown i'n siŵr y byddai pawb yn cymryd un pip arna i yn fy sgert fenthyg a fy sgidiau newydd ac yn gwybod hynny'n syth. Byddai'r waiter yn siglo'i ben ar ôl i fi ofyn am fwrdd Lee Handsome a bydden i'n mynd adre gyda fy nghynffon rhwng fy nghoesau.

'Hei, ble ti 'di bod? Hanner awr wedi saith dywedais i,' meddai Lee gyda gwên fawr i ddangos bo fe ddim yn grac o gwbl. Cododd i fy helpu gyda fy sedd. Tipyn o ymdrech, mae'n siŵr. Roedd y bloneg babi ar ôl cael Di yno o hyd.

Pan ddechreuais i esbonio pam ro'n i'n hwyr, fe dorrodd ar fy nhraws,

'Dwi ddim wedi gweld ti mewn sgert o'r blaen. Ti'n edrych yn neis,' meddai. Allwn i ddim deall pam. Crafu am rywbeth i'w ddweud, mae'n siŵr.

'Gwin?' gofynnodd.

'Mewn munud,' atebais i. Wel, roedd fy nwylo i'n chwys domen! Allwn i ddim mentro gadael glased o win i gwympo a gwneud ffŵl ohonof fy hun o flaen yr holl bobl posh yna!

Doedd y bwyty ddim mor posh â hynny a dweud y gwir. Ond dim dyma'r math o le i fi. Serviettes ar y bwrdd. Y peli bach caled yna sy'n edrych fel grapes ond yn blasu fel dŵr y môr. Olives. Dyna ni. Bwydlen hanner Saesneg, hanner rhywbeth arall. Gormod o ffŷs. Ac yn rhy dawel o lawer. Y math o le lle roeddech chi'n teimlo bod yn rhaid i chi fihafio.

Doedd dim ots gen i o gwbl bod Lee wedi siarad amdano'i hun trwy'r nos. Roedd ganddo fwy i'w ddweud. Roedd e wedi byw bywyd.

Tyfu ar stad gyffredin ganol dre. Dad yn joiner. Mam yn magu pedwar o blant. Tair o ferched a Lee. Y merched i gyd yn addoli Lee. Comp. Coleg. Y cynta o'r teulu i fynd fan'na. Yfed. Enjoio. Cwrdd â merch lyfli o'r enw Angharad.

Dod o'r coleg gyda gradd sâl. Digon i gael job fel rep. Teithio'r wlad. Wel, rhan ohoni. Priodi Angharad. Tŷ neis. Digon o arian. Teithio'r byd gyda'r cwmni rep. Teithio'n unig. Cwrdd â merch lyfli o'r enw Julie.

Roedd y merched i gyd yn addoli Lee. Ta-ra Angharad. Ta-ra tŷ. Helô Julie. Helô fflat. Helô bywyd newydd.

'Beth amdanot ti?' gofynnodd Lee yn tynnu darn o spaghetti rhwng ei ddannedd. Roen ni'n aros am y pwdin. Beth amdana i? Y cwestiwn rown i wedi bod yn ei osgoi.

'Ti'n gwybod popeth. Twenty five. Divorced. Babi. Meddwl am wneud rhywbeth â fy mywyd cyn bod hi'n rhy hwyr,' meddwn heb edrych arno. Roedd y gwin wedi fy ngwneud i'n ddewr, ond dim mor ddewr â hynny.

'Mynd i'r coleg?' gofynnodd Lee gan roi winc i'r ferch oedd wedi dod â'r pwdin. Gwenodd hi.

'Efallai. Roedd gen i freuddwyd unwaith. Gwneud dillad fy hun. Sili,' meddwn.

'Pam sili? Ti'n ferch glyfar. Fydden i ddim yn lico ti pe bait ti ddim yn ferch glyfar. Pam ti ddim yn mynd amdani?'

'Cyrsiau'n costio arian. A babysitters,' atebais i gan fwyta'r siocled melys.

'Ti ddim yn cael dim byd am ddim yn yr hen fyd yma,' meddai Lee. Daeth y bil. Dros wythdeg punt. Ces i ffit! Rown i'n bles pan welais i Lee'n tynnu carden o waled ledr.

'Expenses,' meddai a gofyn am ein cotiau.

Roedd e wedi cael hanner potelaid o win. Yr un peth â fi. Gormod i yrru a dweud y gwir. Ond doedd yr alcohol ddim fel petai e'n cael unrhyw effaith arno. Rown i'n teimlo'n saff. Rown i'n teimlo y byddai Lee'n gofalu amdana i. Ac am y tro cynta am oesoedd rown i'n teimlo'n berson hapus unwaith eto.

Gallen i ddim mynd i dŷ Lee. Lot o fess. Typical dyn. Fe gredes i fe. Bob gair. Typical menyw.

'Nôl yn y tŷ, roedd hi'n werth godde Mam yn gwgu arna i.

'Paid dihuno Di,' meddai'n siarp. Dim hynny oedd yn ei phoeni.

'Coffi?' gofynnais.

'Dwi byth yn gwrthod coffi,' meddai Lee gyda gwên.

Mynnodd wneud y coffi ei hun. Roedd hi'n

neis cael rhywun i wneud rhywbeth drosta i.
Rown i'n impressed.

Yn y gegin fach edrychodd Lee arna i. Roedd
ganddo lygaid brown mawr. Roen nhw'n
anhygoel.

'Ti'n ffantastic,' meddai. Pan oedd e'n
edrych arna i fel'na rown i'n teimlo'n
ffantastic. Pathetic, huh?

Teimlais ei wefusau ar fy ngwefusau. Poeth.
Teimlais rywbeth tu mewn i fi'n symud.
Rhywbeth do'n i ddim wedi ei deimlo ers
blynyddoedd. Chwant. Byddwn wedi rhwygo
fy nillad ffwrdd yn y man a'r lle. Ond roedd
Lee eisiau aros nes ein bod ni yn y gwely.

Ar y dechrau doedd hi ddim yr un peth yn y
gwely oer. Roedd fy meddwl i ar ras. Rown i'n
meddwl am y stafell ddi-ddim, am y bloneg,
am Di drws nesa. Yna, dywedodd e rywbeth,

'Does dim rhaid i ni.'

A chusanu fy nghlust. A fy ngwddf. A fy
mrest. A fy nipl.

'Dwi eisiau,' meddwn yn griddfan. A rown
i'n meddwl pob gair.

Drannoeth, dihunais yn rhewi. Roedd hi'n
unig yn y gwely. Do'n i ddim yn siomedig.
Roedd Lee wedi cael beth roedd e eisiau. Roedd
e wedi mynd. Yna, agorodd y drws. Di,
meddyliais i. Clinc-clinc cwpan ar soser.

'Coffi,' meddai Lee.

Rown i ffaelu peidio. Gwenu wnes i.

Treuliodd Lee y diwrnod gyda ni. Ac un arall. Ac un arall. Sawl diwrnod hir, melys. Roedd Di wrth ei bodd yn cael rhywun newydd i chwarae cuddio gyda hi.

'Chi'n mynd i briodi a byw'n hapus am byth fel Barbie a Ken?' gofynnodd Di. Chwarddodd Lee.

'Ti'n ferch lyfli. Dw i'n cofio fy chwiorydd yr un oed â ti,' meddai.

Gwasgodd Di ei hun yn ei erbyn.

Roedd y merched i gyd yn addoli Lee. Mwy nag unwaith edrychodd e arna i, fel pe bai e eisiau dweud rhywbeth. Dweud beth? Dwi eisiau byw gyda ti? Dwi eisiau dy briodi di? Dwi eisiau i ni gyd fod yn un teulu hapus? Yna, byddai'n gweld Di, oedd yn edrych fel ei chwiorydd, a byddai'n chwerthin. Ond ddywedodd e ddim. Dim ond hyn,

'Dwi'n mynd i fod i ffwrdd am dipyn bach.'

Y bore nesa arhosais i yn y gwely am hir yn disgwyl clywed clinc-clinc cwpan a soser. Arhosais i, ond ddaeth e ddim.

Aeth rhyw dri mis heibio.

Un noson roen ni yn y dafarn. Fi, Cath a

Lisa. Roedd rhywun wedi gadael papur newydd ar y bar. Digwyddodd Cath weld y stori wrth ordro tri Bacardi Breezer. Pennawd mawr. Bigamist yn cael ei arestio. Pennawd bach. Dwy fenyw yn torri eu calonnau. Do'n i ddim yn nabod yr enw. Guy Looking. Ond rown i'n nabod y wyneb. Rown i'n nabod y wên.

'Ti'n lwcus. Beth petai e wedi dy briodi di?' meddai Lisa gan ddal llygaid y barman a wincio.

Ond do'n i ddim yn teimlo'n lwcus. Roedd y bwyd wedi costio dros wyth deg punt y noson honno. D'ych chi ddim yn cael dim byd am ddim yn yr hen fyd yma.

Doedd Lee ddim wedi fy mhriodi i. Ond roedd hynny wedi croesi ei feddwl. Ai dyna roedd e'n trio'i ddweud y troeon hynny? Yna, byddai e'n gweld Di a byddai'r geiriau'n mynd yn sownd yn ei wddw.

Doedd e ddim eisiau brifo Di oedd yn edrych fel ei chwiorydd.

Stori yn y papur. Ro'n i'n methu cuddio'r hanes amdana i a Lee.

Ro'n i'n methu cuddio'r babi chwaith unwaith i fi ddechrau dangos.

PENNOD 13

DIM BYD AM WYTHNOS. Dim parti. Dim galwad ffôn am barti.

Hei, Sue! Beth pe bawn i'n rhoi hysbys yn y papur? Dyna mae Tina yn wneud.

Ann x

Helô Ann,
Well i ti beidio. Well i ti adael pethau am y tro. Paid holi pam.

Sue

Pam, Sue?

Ann

Oes rhaid i ti wybod?
Ocê. Dyma'r sgôr. Dwi 'di cael cwyn amdanat ti.

Sue

Sue, dywedais i wrth Mrs Glover am beidio cael y coler ci yna i Shep.

Ann

Ann, dim Mrs Glover.

Sue

Velda!

Ann

Ie.

Sue

Beth ddywedodd Velda?

Ann

Bod y parti'n disaster. Dyw hi byth yn mynd i barti Sexy Susan eto. Ac mae hi am ddweud wrth ei ffrindiau i gyd.

Sue

Ond dyw hynny ddim yn deg! Dim bai fi
oedd e!

Ann

Dyw e byth yn fai arnat ti yw e Ann? Allwn ni
ddim beio pobl eraill bob tro. Weithiau, ni
gyd yn gorfod cymryd cyfrifoldeb am ein
mistêcs.

Sue

Ar ben hyn i gyd mae Di'n dod o'r ysgol ar ben
y byd. Mae ei bochau yn goch. Mae ei llygaid
yn sgleinio. Mae hi mewn cariad.

'Rupak yw enw fe ac mae restaurant gyda'i
deulu fe ac mae e'n dweud ga i fynd yno i
fwyta am ddim!' meddai'n gyffrous.

'Ydy e wir?' Does dim llawer o amynedd 'da
fi. Dwi'n trio bwydo Vicky a gwylio pasta Di ar
yr hob.

'Mae e'n lot mwy hen na fi.'

'Faint yn hŷn?' rwy'n gofyn yn ofnus.

'Naw,' ateba Di'n prowd. Mae Di yn wyth
oed.

Dwi'n teimlo'r rhyddhad yn golchi drosta i.

'A ni'n mynd i briodi rhyw ddydd. Ond dim

86

mewn capel. Mewn Mosque. A does dim ots bo fi ddim yn ferch Indian. Dyw e ddim yn gorfod cael arranged marriage fel o'n nhw'n gwneud yn yr hen ddyddiau. Mae'r byd wedi symud 'mlan.'

Dwi'n gadael Vicky i daflu hula hoops ar y llawr. Dwi'n tynnu'r dŵr oddi ar y pasta ac yn nôl y sos coch. Dwy funud arall i'r chicken nuggets.

Mae'r byd yn symud 'mlan ac mae fy mabis i'n symud 'mlan gydag e. Un diwrnod cyn hir byddan nhw'n fy ngadael i ar ôl.

'Wyt ti'n mynd i briodi?' mae Di'n gofyn wrth gnoi y pasta.

'Byth eto,' meddwn i.

'Pam? O't ti ddim yn hoffi Dad?'

'Wrth gwrs bo fi'n hoffi Dad. Jyst, mae unwaith yn ddigon.'

'Never say never,' meddai Di fel person mewn oed. Mae hi'n dychryn fi weithiau.

'Bydd rhaid i fi ffeindio dyn gynta.'

Am ryw reswm mae Di yn edrych yn rhyfedd arna i.

'Ond Mami, ti wedi ffeindio dyn yn barod.'

PENNOD 14

Dwi'n mynd i'r caffi gyda fy nghynffon rhwng fy nghoesau. Dwi'n teimlo'n isel. Dwi ddim wedi teimlo fel hyn ers Gary, ers Lee Handsome.

Dwi wedi amseru'n dda. Chwarter i dri. Mae'n rhy hwyr i ginio. Mae'n rhy gynnar i de. Mae Lisa ger y til yn fflyrtio gyda bachgen hanner ei hoedran hi. Chwarae teg, mae'n gwenu pan mae'n fy ngweld i. Mae'n gadael y bachgen ac yn dod ata i'n syth.

'Go on. Dwed wrtha i,' meddwn i. Mae fy nghalon yn curo pymtheg y dwsin.

'Dweud beth?' Mae Lisa'n dal i wenu.

'Dweud – ble ti 'di bod, stranger?'

'Yr unig beth o'n i'n mynd i ofyn oedd beth alla i gael i ti. Te neu coffi?' medd Lisa'n garedig.

'Coffi cryf.'

'Good choice. Ga i 'run peth. Mae'n amser brêc.'

Mae'n dod â'r coffis a dwy donut jam. Dyna'r peth grêt am ffrindiau da. Does dim rhaid i chi ddweud dim byd. Maen nhw'n gwybod pan mae angen cysur arnoch chi. Bach o siwgwr a jam. Bach o gefn. Bach o gŵyn.

Dwi'n dweud y cwbl wrthi hi.

'Ti 'di newid.' Mae Lisa'n llyfu ei bysedd. 'Mae hynny'n compliment.'

'Dwi 'di newid achos dwi byth yn gweld fy ffrindiau? Sut mae hynny'n beth da?'

'Achos ti'n gallu dweud pethau nawr. O'r blaen, byddai hi wedi cymryd wythnosau i ti gyfadde hyn i gyd. Ti'n cofio Lee Handsome? O't ti yn maternity cyn i ti gyfadde bo ti'n preggers 'da Vicky!'

Dwi'n gwenu. Gwên fach. Ond, mae'n wên go iawn,

'Beth dwi'n mynd i' wneud Lisa?!'

Mae Lisa'n dweud wrtha i am fynd 'nôl ar ben y ceffyl. Dwi ddim yn deall. Does dim ceffyl gen i. Mae'n esbonio mai ffordd o siarad ydy e. Roedd ganddi gariad oedd yn joci unwaith. Weithiau, roedd e'n cwympo oddi ar ei geffyl. Weithiau, roedd e'n cael ei frifo. Ond roedd e'n mynd 'nôl ar ben ei geffyl cyn gynted ag y gallai e.

'Mae'n rhaid i ti drefnu parti arall. Glou hefyd! Dangos i'r Velda yna. Stupid cow. Helpwn ni ti. Mae Cath a fi'n nabod digon o bobol!'

Dwi'n yfed fy nghoffi. Dwi'n meddwl am eiliad ac yn ysgwyd fy mhen,

'Ti wedi gwneud digon i fi. Dwi eisiau gwneud hyn ar ben fy hunan.'

'Ti'n gwneud digon ar ben dy hunan,' medd Lisa. 'Ti'n magu dwy ferch ar ben dy hunan. Rhedeg tŷ ar ben dy hunan. Pryd ti'n mynd i ddysgu? Mae'n ocê gadael i bobl helpu! Yr unig un sy'n cael dy helpu di yw Jonny. 'Na pam o'n i'n meddwl bo ti mewn cariad ag e.' Mae'n cochi, ar ôl y speech siŵr o fod.

'Na.' Rhaid dweud y gwir. 'Achos bo fi ddim yn ei garu e mae e'n cael helpu. Cha i ddim fy mrifo wedyn ti'n gweld.'

'Paid bod yn soft. Gad i ni helpu.' Mae Lisa yn bendant iawn.

Does dim llawer o ddewis gen i. Dwi'n cytuno.

'Beth ddigwyddodd i'r joci?' Dwi'n newid y pwnc.

'O'n i'n caru fe. Ond roedd e'n caru'r blydi ceffyl. Pan gwplodd e 'da fi 'nes i ddim llefain. Pe bawn i'n llefain byddai e'n ennill. Pe bait ti'n methu byddai Gary a Lee'n ennill. Ti ddim eisiau iddyn nhw ennill.'

Dwi'n gorffen y donut, yn codi ar fy nhraed ac yn cusanu Lisa. Dwi'n cael hyder o'i hyder

hi. Dwi'n gwybod yn union beth sy'n rhaid i fi
ei wneud.

Mae Velda'n wrong. Dwi'n mynd i drefnu'r
parti Sexy Susan gorau erioed i brofi hynny!
Ann

Ti'n seren! Paid gwrando ar neb sy'n dweud
bo ti ddim. Go get them, mwnci bach! x
Sue

Mae Cath a Lisa'n gwylio *Neighbours* pan
dwi'n dweud wrthyn nhw. Dwi'n swp o gyffro
am y parti nesa! Ac am ryw reswm maen
nhw'n troi ac yn edrych arna i.

PENNOD 15

Roedd yr wythnos nesa'n wyllt! Roedd Lisa wedi dweud y byddai hi a Cath yn helpu gyda'r guest list. Ond allwn i ddim dibynnu arnyn nhw ac ar eu ffrindiau nhw am byth. Roedd yn rhaid ffeindio pobl eraill.

Dyma wnes i. Gwneud flyer. Wel, mae hynny'n swno fel enw posh iawn am ddarn o bapur gydag enw Sexy Susan a fy rhif ffôn i arno. Ces i help Will i wneud y flyer. Mae e eisiau bod yn graphic designer.

Yna, es i o gwmpas pob siop a busnes yn y dre a rhoi flyers iddyn nhw. Ac os oedd rhywun yn holi rown i'n dweud tipyn bach am bartïon Sexy Susan wrthyn nhw. Bach o sbort. Noson allan. Rhywbeth gwahanol. Roedd rhai o'r merched wir yn edrych 'mlan at y noson. A fydden nhw'n cysylltu â fi? Roedd hynny'n fater arall. Ond o leia rown i allan yno, yn gwneud rhywbeth.

Roedd hyd yn oed Mam yn impressed.

'Ro'n i'n siomedig bo ti 'di gorffen yn y coleg ti'n gwybod,' meddai un bore cyn brecwast. Roedd gwres ar Vicky y noson cynt.

92

Ro'n i wedi gofyn i Mam ddod draw i gysgu rhag ofn 'mod i angen help ganol nos.

'Ddywedais i ddim byd pan adewaist ti'r coleg achos roedd Gary'n fachgen neis. A wedyn ddaeth Di. Fydden i ddim hebddi hi am y byd. Na Vicky chwaith. Ond mae'n neis dy weld ti'n gwneud rhywbeth i ti dy hun eto. Ac os oes rhywbeth alla i wneud . . .'

Ac yn lle dweud, 'Na, mae'n iawn, dwi'n gallu côpo fy hun, diolch yn fawr,' dwi'n dweud, 'Iawn, gei di garco Vicky a Di noson y parti nesa.'

Mae'n rhyddhad. Dyna un ffordd o gadw Mam o'r parti.

Aeth diwrnod neu ddau heibio. O'n i'n dechrau meddwl bod neb yn mynd i ffonio, na fyddai fy ngwaith i a Will yn cyfri dim.

Yna, daeth galwad gan Ceri. Roedd hi newydd orffen gyda'i chariad ac roedd hi eisiau bach o hwyl i godi ei chalon. Addewais i y byddai hi'n cael noson i'w chofio. Rown i'n gobeithio y byddai hynny am y rhesymau iawn!

Wnes i addewid i fi fy hun y noson honno. Do'n i ddim yn mynd i yfed. Wel, dim yfed yn wyllt beth bynnag. Roedd hi'n iawn i gael un glased o win i iro'r tafod. Roedd hi'n dal yn anodd siarad o flaen lot o bobl. Roen nhw ni i gyd eisiau amser da. Fi oedd fod i wneud yn siŵr eu bod nhw'n cael amser da!

Ces i lifft gan Lisa. Doedd dim angen i fi boeni Jonny, meddai hi. Helpodd fi i gario'r reilen â'r dillad arni mewn i'r tŷ, a'r bocsys o stoc a'r gêmau a'r gwin. Pan oedd popeth yn y tŷ roedd hi'n araf yn mynd,

'Ti eisiau i fi aros?' gofynnodd. Sylwais ei bod yn golur i gyd. Mwy nag arfer, hyd yn oed. Oedd hi'n mynd allan hefyd?

'Na, wir i ti. Dwi'n ddiolchgar am dy help ond dwi eisiau gwneud hyn fy hun.' Ac edrychais i fyw ei llygaid.

'Sdim rhaid i ti, ti'n gwybod.'

'Na, dwi'n gwybod. Ond dwi eisiau.' Ac rown i'n meddwl hynny.

Rown i'n difaru wedyn on'd o'n i! Ar ôl i Lisa fynd. Unwaith rown i'n sefyll yno o flaen ugain o fenywod dierth a thipyn bach yn tiddly!

Rown i'n difaru pan oedd fy nghalon i'n curo fel drwm. Pan oedd fy mola i'n troi a throi. Pan oedd fy nwylo i'n crynu fel hen fenyw.

'Reit . . .' meddwn, mewn llais clir.

Troiodd pawb i edrych arna i. Anadlais yn ddwfn a dechrau'r speech. Doedd hi fawr o speech a dweud y gwir. Ac rown i wedi ei dweud hi o'r blaen – ganwaith o flaen drych y wardrobe gartre ac unwaith neu ddwywaith mewn partïon fel hyn.

Dechreuais i'n gryf. Rown i'n meddwl 'mod i mynd i wneud cawl ohoni ar un adeg tua'r canol. Yna, cofiais i am bawb oedd yn fy nghefnogi i a fe ges i'r hyder i gario 'mlan.

Roedd y merched yn eitha tawel cyn y gêm gynta. Ond pan 'ych chi'n llenwi eich ceg â gobstoppers . . . pan 'ych chi'n dweud pethau brwnt . . . pan 'ych chi'n gweld eich ffrindiau yn gwneud yr un peth . . . mae'n rhaid i chi chwerthin. Mae'n torri'r iâ. R'yn ni awê.

Y sioe ffasiwn yw'r uchafbwynt. Mae shop assistant yn gwneud french maid Gymreig iawn. Ac mae Ceri ei hun yn scream fel nyrs! Dwi ddim yn gwybod beth roedd hi'n gwneud gyda'r thermomedr yna hanner yr amser! Dim ond y traffic warden sy'n gwrthod gwisgo fel traffic warden. Ac eto mae'n eitha hapus i barêdan o gwmpas mewn catsiwt pvc trwy'r nos!

Mae'r merched yn pori dros y catalogs. Dwi'n cael pum munud i roi trefn ar bethau a chael sip bach o win. Dyna pryd mae Teri, ffrind Ceri, yn dod i siarad â fi. Wel, dwi'n dweud 'siarad'. Holi fi'n dwll sy'n fwy cywir.

'O ble ti'n dod 'te? . . . Ti'n briod? . . . Plant?

95

. . . Dau. Www! . . . Pwy oedd y tad 'te? . . . *dau* dad? A ti ddim yn briod nawr? . . . Divorced. Less said the better ife? Complete waster. Nabod y teip . . . Beth oedd ei enw e 'te? I fi gael osgoi e! I ni gyd gael osgoi e, 'defe ferched! . . . Gary. Yr un peth â Gary Holly . . . Holly Berry, ti'n nabod hi?'

Mae Holly Berry'n hwyr i barti ei chwaer, Ceri. Ceri Berry. Ond mae hi jyst mewn pryd i glywed y sgwrs am Gary, y waster. Gary, ei chariad hi.

'Pwy sy'n galw Gary yn waster?' Dwi'n cymryd mai jocan mae hi, ond mae golwg gas yn ei llygaid.

Mae hi'n feddw gaib. Mae Teri'n pwyntio bys ata i. Mae Holly'n fy ngweld, fel petai am y tro cynta.

'Ti!' Mae'r sŵn fel sgrech. Arswydus. Ond dwi ddim yn cuddio,

'Ie. Fi,' meddwn i gyda fy mhen yn uchel.

'O'n i ddim yn gwybod mai *hon* o't ti wedi bwco!'

'Pam?' meddai Ceri'n ddi-hid.

Dwi'n meddwl ei bod hi'n gyfarwydd â thymer drwg Holly. Ac mae Holly mewn tymer y diawl!

'Pam?! Achos fues i bron marw yn un o bartis hon! A nawr mae'n trio dwyn boyfriend fi! Dyw hi ddim yn ffit i drefnu parti. Dyw hi ddim yn gwybod beth i' neud ag un o'r rhein. Fyddai hi ddim yn gwybod ble i stico fe pe bai ei bywyd yn dibynnu ar hynny.'

Mae hi'n dal y 'Love Stud' du fel pe bai'n magic wand.

Mae Holly Berry'n wrong. Dwi'n gwybod yn union ble fydden i'n lico stico'r 'Love Stud' y funud honno. Ond dydw i ddim.

Dim achos bod dim gyts 'da fi. Ond achos 'mod i'n well na hynny. Dwi'n well na rhyw gwympo mas meddw dros ddim byd. Tân gwyllt heno fydd yn ben tost bore fory a dim byd wedi newid er gwell.

Felly, dwi ddim yn codi fy llais. Does dim angen. Dwi'n camu 'mlan ac esbonio i Holly mewn llais normal,

'Os oes ofn arnot ti am dy fywyd efallai bod yn well i ti fynd. Paid becso. Dwi ddim yn nabod Gary ti. A dwi ddim eisiau ei ddwyn e. Mae gen i fy nheulu bach fy hun a dwi'n hapus iawn. Un peth arall. Ti'n lwcus. Dwi ddim yn mynd i siwo ti a Velda a'r lleill am breach of contract am chwalu fy eiddo i ac ordro dim byd. Dwi ddim yn mynd i siwo chi am libel chwaith am ddweud pethau cas amdana i. Fi sy'n rhedeg pethau heno ac mae gen i ferched i ddiddori ac orders i gymryd.' Breach of contract? Libel? Mae'n od beth r'ych chi'n gallu dysgu pan 'ych chi'n deall compiwters.

Pe bawn i wedi gweiddi byddai Holly wedi troi'n gas. Ond mae hi'n cael cymaint o sioc o glywed fi'n esbonio iddi'n dawel, mae'n cau ei cheg a dydy hi ddim yn ei agor trwy'r nos. Mae'r parti'n mynd yn ei flaen heb unrhyw broblem.

Newydd gyrraedd adre rown i. Rown i wedi cael lifft gan Tina, oedd yn gwneud parti yn y dre nesa. Ro'n i newydd wthio'r reilen o ddillad i mewn i'r lownj. Byddai'n haws arwain camel at ddŵr, dwi'n dweud wrthych chi! Ro'n i newydd ddisgyn yn swp ar y soffa, pan agorodd y drws.

Mae Jonny'n edrych arna i. Yna, mae'n edrych ar Tina,

'Roedd y drws ar agor.' Mae llais Jonny'n swnio'n dawel.

'Dere mewn, dere mewn. Paid bod yn swil.' Dwi'n llawn adrenalin ar ôl y parti. Mae Tina'n dechrau chwerthin yn afreolus. Ar ddim byd. Ond dwi'n siŵr bod Jonny'n meddwl ei bod hi'n chwerthin am ei ben e.

'Mae'n rhaid i ni stopo cwrdd fel hyn,' medd Tina ar ôl sobri tipyn bach. 'Wyt ti'n mynd i gyflwyno ni, Ann?'

'Tina – Jonny. Jonny – Tina.'

'O, hwn yw Jonny,' medd Tina, fel pe bawn i'n siarad amdano trwy'r amser. Ac i wneud pethau'n waeth, 'Dwi wedi clywed lot amdanot ti.'

'Dwyt ti ddim!' Mae'n llais i'n siarp nawr. 'Sori, Jonny. O't ti eisiau fi o gwbl?'

Ac mae Tina'n dechrau chwerthin yn ddwl eto. Onest, gallech chi feddwl ein bod ni ar y Bacardi Breezers ers deg y bore! A ninnau wedi bod yn gweithio trwy'r nos!

'Dwi eisiau gair. Dim byd mawr. Dim byd pwysig. Rywbryd eto,' medd Jonny gan edrych bob man ond arnon ni'n dwy.

'Na, na. Peidiwch â gadael i fi ddod rhwngoch chi'ch dau.' Mae Tina'n codi gyda chryn drafferth a chropian allan o'r stafell, gan droi unwaith i roi clamp o winc i fi. Mae Jonny'n ei gweld. Mae e'n cochi.

'Beth?' a theimlo bod fy nhop v-neck wedi llithro lawr. 'Wps. Dyw hi ddim hyd yn oed yn National Cleavage Day!' Dwi'n treio bod yn ysgafn.

Mae Jonny'n gwgu.

'Mae rhywbeth dwi eisiau dweud . . . wel, gofyn . . . na, dweud . . .'

Mae saib hir. Yna, mae e'n agor ei geg eto a dwi'n meddwl ceg mor neis yw hi. Y funud honno, mae Tina'n camu 'nôl i'r stafell,

'Coffi neu gin?' Mae potel yn ei llaw.

'Dim gin yw hwnna ond paint stripper,' medd Jonny'n gweld y botel. Ac mae e'n gwneud ei esgusodion ac yn gadael.

'Wps,' medd Tina pan mae'n clywed y drws yn cau. 'Dwi 'di tarfu ar y lovebirds.'

'Dim byd allwn ni ddim fixo. Dere.' Dwi'n symud at y cwpwrdd. 'Dwi'n meddwl bod brandi yma rhywle.'

Ac am ryw reswm mae Tina'n edrych arna i'n syn.

PENNOD 16

MAE GWAITH YN MYND a dod. Weithiau, mae wythnos yn mynd heb barti. Weithiau, dwi'n gwneud dau neu dri. Dwi ddim yn mynd i ennill gwobr 'Gwerthwr y flwyddyn'. Dwi ddim yn mynd i fod yn filiynêr.

Ond, mae e'n arian poced handi. A dwi'n cael mynd allan o'r tŷ a chwrdd â phobl. Mae'n dda i fi. Dwi'n teimlo hyder newydd.

Dydy bywyd ddim yn un parti mawr. Weithiau, mae pethau'n digwydd sy'n poeni rhywun. Mae dannedd Vicky'n dod trwyddo ac mae hi'n cwyno o fore tan nos. Mae ffrind newydd o Dunstable gan Di sy'n ei dysgu hi i regi. Un diwrnod ar ôl methu setlo Vicky drwy'r nos, daw neges. Dwi yn y llyfrgell. Ac mae Will yn tjeco fy negeseuon i.

!!! Llongyfarchiadau !!!

'Www! Beth ydw i wedi ennill?' Dwi'n rhy flinedig i fod yn ecseited iawn. Chysgais i na Vicky ddim winc trwy'r nos.

'Junk mail,' medd Will. Dwi'n darllen y neges.

'Na. Mae hwn oddi wrth Sexy Sue.'

Dwi wedi dod â siocled i Will. Mae e wedi bod yn help mawr i fi. Mae e'n rhoi darn o siocled yn ei geg ac yn clicio ar y neges. Dyma ddiwrnod olaf Will. Mae e wedi cael lle mewn coleg i astudio graphic design. Dwi'n hapus drosto, ond dwi'n drist yr un pryd.

'Beth wna i hebddot ti?'

'Ti ddim fy angen i. Ti'n deall y cwbl dy hunan erbyn hyn – wel, dim y cwbl efallai, ond digon.' Dydy e ddim yn edrych arna i.

'Jyst cofia amdana i pan fyddi di'n filiynêr!'

'Dwi ddim eisiau bod yn filiynêr, jyst bod yn hapus yn fy ngwaith.'

'Ti wedi ennill car!' medd Will.

'Ffantastic! . . . y, dwi'n credu.' Dw i ddim yn gallu gyrru.

'Nissan Micra. Ti'n gyrru?'

'Y, na . . .'

Mae'r ddau ohonon ni'n chwerthin. Yna, mae Will yn sylwi ar rywbeth arall.

'Na. Hold on. Sori.' Ac mae Will yn darllen eto. 'Ti ddim wedi ennill car. Mae rhywun arall wedi ennill y car. Rhyw Tina rhywbeth? Ond ti wedi ennill tocyn – tocyn VIP i weld Take That.'

'Take That?! Ond maen nhw 'di chwalu ers blynyddoedd!' Alla i ddim credu'r peth.

'Maen nhw 'nôl gyda'i gilydd. Ac maen nhw'n chwarae yn y stadiwm.'

Am y tro cynta bore yma dwi'n dihuno'n iawn. Dwi'n teimlo gwawr o gyffro. Mae Will yn cymryd darn arall o siocled.

'Beth arall mae e'n ddweud?'

'Bo ti fod cwrdd â Sexy Susan i gael y tocyn.'

Dwi'n teimlo fy mol yn troi.

'Pwy yw Sexy Susan?' Mae Will yn torri darn mawr o siocled a'i fwyta.

'Dwi ddim yn gwybod. D'yn ni erioed wedi cwrdd,' medda fi'n cyfadde'r gwir wrth Will yn ddidrafferth.

*   *   *

Mae'r merched wrth eu boddau.

'Dwi byth yn lwcus, dim hyd yn oed mewn raffl,' medd Lisa'n drist.

'Enillest ti focs o sioclets unwaith,' ydy ateb Cath.

'Ie, ond o'n i ar ddeiet ar y pryd. Ond lwcus am y car. Byddet ti 'di gorfod cael gwersi gyrru.'

'Fyddai hynny ddim yn broblem. Dwi'n siŵr y byddai Jonny wrth ei fodd yn rhoi gwersi i ti!' medd Cath, yn barod i dynnu coes eto.

Dwi'n disgwyl i Lisa gytuno, fel parot. Dwi'n disgwyl i'r ddwy dynnu arna i am Jonny. Ond dydy Lisa ddim.

'Alli di ddim dibynnu ar Jonny i wneud popeth i ti. Mae ganddo fe ei fywyd ei hun,' meddai'n siarp.

Mae ei geiriau yn gwneud i fi feddwl. Yna, mae Cath yn ecseitio, 'Hei! Efallai bydd photographer yna! Efallai bydd dy lun di yn y papur!' A dwi'n anghofio.

'A bydd pobl yn jelys! Byddan nhw'n taflu pethau atat ti yn y stryd.'

'Lisa!'

'Jôc!' medd hi wedyn.

'Fydd dim photographer. Does dim seremoni fawr. R'yn ni'n mynd am bryd o fwyd, 'na i gyd. Fi a Susan. Achos ni wedi dod yn dipyn o ffrindie.' Dw i'n gwybod fyddan nhw ddim yn lico hynna.

'Ni wedi sylwi,' medd Cath yn chwarae â'i dwylo, heb ei ffags am unwaith.

Mae'n rhaid i fi esbonio i'r ddwy ohonyn nhw. 'Does dim byd yn bod. Mae ffrindiau newydd yn joino'r hen ffrindiau. D'yn nhw ddim yn cymryd eu lle nhw.'

R'yn ni'n cael rhagor o goffi i ddathlu. R'yn ni'n addo i ni'n hunain y byddwn ni'n cael rhywbeth cryfach ar y cyfle cynta.

'Bydd rhaid i fi stico at y coffi,' medd Cath. Dydy hi ddim yn edrych yn drist oherwydd hyn.

'Ti'n disgwyl!' bloeddiaf.

Mae'n nodio ei phen.

'Ydw,' meddai gyda giggle.

'A ni fod i ddathlu hynny?' medd Lisa'n sych a gwenu.

'Mae'r "Love Juice" yn gweithio,' medd Cath.

'Nawr mae hynny'n rhywbeth i' ddathlu!' medd Lisa.

Ac mae Cath yn rhoi ei braich am y ddwy ohonon ni ac yn gwasgu.

*   *   *

Dwi'n cael tacsi o'r tŷ i'r gwesty. Sexy Susan sy'n talu. Mae Di yn yr ysgol. (Fe sythodd hi fy ngwallt gyda straighteners cyn mynd.)

Mae Mam yn gwarchod Vicky. Fi ofynnodd iddi hi. Byddai'r hen fi wedi mynnu mynd ar y bws. Ond dwi'n hapus iawn yn y tacsi heddiw. Beth bynnag, mae Lisa wedi rhoi benthyg pâr o sodlau uchel i fi ond fi sy wedi prynu'r sgert. Allen i byth gerdded trwy'r dre ynddyn nhw.

Mae cyntedd y gwesty fel ogof. Dwi'n siŵr y byddai eco pe bawn i'n gallu ffeindio'r gyts i ddweud rhywbeth. Mae'r lle mawr yn gwneud i fi deimlo'n fach. Dwi'n meddwl am Lee Handsome. Dwi ddim yn mynd i gael fy nhwyllo eto. Dwi'n llyncu fy mhoer ac yn sythu fy nghefn. Dwi'n cerdded at reception fel pe bawn i'n dod fan hyn trwy'r amser.

'Sut alla i'ch helpu chi?' Dydy'r dyn ifanc slic ddim wedi edrych arna i.

Yna, dwi'n rhewi. Beth ydw i fod i'w ddweud? Dwi ddim yn gwybod cyfenw Susan! Dwi methu gofyn am Sexy Susan. Byddai hynny'n swno'n dodgy iawn! Bydden i'n cael fy nhaflu allan gerfydd fy sgert a'n sodlau uchel. Dyna beth fyddai embaras! Dwi'n clirio fy ngwddf.

'Dwi'n cwrdd â Susan,' meddwn i. Mae fy llais yn glir ac uchel.

'Aaah, Miss Haf. Mae Susan dipyn bach yn hwyr. Mae'n ymddiheuro. Mae wedi ordro Martini i chi yn y bar.'

Dwi'n mynd i'r bar fel oen bach. Dw i'n edrych 'mlan at y Martini! Dwi ddim am gael gormod o Martinis chwaith. Dwi ddim am gyfarfod y boss yn pissed!

Dwi'n cael fy Martini. Dwi'n aros am dipyn bach gan edrych o 'nghwmpas. Dwi'n gweld fy hun yn y drych y tu ôl i'r bar. Dwi ddim yn rhy ddrwg, er mai fi sy'n dweud hynny fy hun!

Mae dyn arall wrth y bar. Ifanc. Tua'r un oed

â fi. Mae e wedi gwisgo'n smart fel fi. Ydy e'n aros am rywun hefyd?

Dim ond fi a fe sydd wrth y bar. Mae e'n dipyn o hunk. Dwi'n dal ei lygaid ar ddamwain. Dwi'n dweud 'Hi' cyflym a throi i ffwrdd yn syth – rhag ofn ei fod e'n meddwl 'mod i'n chatio fe fyny.

'Shwmae?' gofynna. Dydy e ddim yn edrych arna i.

'Shwmae.' Dwi ddim yn edrych arno fe. Dwi wedi clywed am ddynion dierth mewn bars cyn hyn. Dwi'n meddwl am y sgert a'r sodlau. Efallai ei fod e'n meddwl 'mod i'n gweithio!

'Chi'n siarad Cymraeg!'

'Ydw. Dwi'n aros am rywun. Ffrind. Wel, dim ffrind yn union. Y boss. Dwi 'di ennill competition.'

Dwi'n rhyfeddu at y nonsens sy'n dod allan o 'ngheg pan dwi'n nerfus. Mae e'n foi neis achos mae e'n gwrando fel pe bai diddordeb ganddo. Ond all e byth â bod yn foi neis go iawn – mae e'n siarad â fi!

'Ti 'di ennill rhywbeth da?' gofynna.

'Ydw. Tickets VIP – i weld Take That.'

'Cŵl!' meddai e.

'Ie, cŵl.'

'Beth oedd rhaid i ti wneud – crossword, cwis, ysgrifennu pennill?' Mae e'n edrych arna i ac yna'n edrych lawr ar ei draed, fel pe bai e'n swil.

'Lucky dip. Gyda'r cwmni dwi'n gweithio iddyn nhw.'

'Beth ti'n wneud 'te?' Mae ganddo lais caredig.

'Dwi'n . . . dwi'n trefnu partïon . . .' Dwi'n meddwl yn gyflym. Dwi ddim eisiau cyfadde'r gwir i gyd.

'Diddorol.' Mae ganddo wallt brown a sbectol. Mae e'n gwisgo siwt fodern sy'n gwneud iddo edrych fel exec. trendy.

'Ydy mae e. Dwi'n lwcus iawn.'

Mae'r dyn yn ysgwyd ei ben.

'Dwi ddim yn credu mewn lwc. Dwi'n credu mewn gwaith caled. Ti'n gwybod beth maen nhw'n ddweud – ti ddim yn cael dim byd am ddim. Dylet ti wybod hynny, y mwnci bach.'

Dwi bron â thagu ar fy Martini.

'Beth ddywedaist ti?' Dw i'n mentro edrych arno'n iawn am y tro cynta.

'O, y, dim byd.' Fe sy'n troi bant nawr.

'Do, dywedaist ti rywbeth. Beth oedd e?'

Mae e'n troi ata i. Mae ei ben i lawr. Tu ôl y sbectol mae ei lygaid yn wincio fel bachgen bach sy'n cael stŵr,

'Sori. Paid bod yn grac, Ann. Dylen i 'di dweud wrthot ti'n syth, ond o'n i ddim yn gwybod shwt. Ti'n gweld, dwi'n teimlo fel pe baen ni'n nabod ein gilydd achos bo ni 'di siarad ar yr e-bost cymaint. Do'n i ddim eisiau i ti feddwl bo fi'n weird, neu'n perv neu'n – '

'Sexy Susan?!!' Dwi'n cael sioc fy mywyd!

'Dim Susan. Steve.'

*　　　　　*　　　　　*

Pipiodd Jonny arna i'n swil,

'Ga i ddod i mewn?'

Dwi'n agor y drws iddo ac mae'n fy nilyn i'r gegin. Mae'n fy ngwylio'n dawel wrth i fi wneud coffi a nôl bisged. Garibaldi. Dwi'n rhoi'r coffi a'r garibaldi o'i flaen. Dydy e ddim yn eu cyffwrdd nhw.

'O'n i ddim yn gwybod beth i feddwl i ddechrau . . .' meddai. 'Y fenyw Tina yna . . . dillad isaf merched yn bob man . . . o'n i'n meddwl bod cariad newydd 'da ti . . . bo ti ddim eisiau dweud wrtha i . . .'

'O't ti'n meddwl bo fi'n mynd allan 'da menyw!' Dwi'n chwerthin yn uchel. Mae'r coffi a'r garibaldi yn mynd dros bob man – dros Jonny, hyd yn oed.

'Dim cyfrinachau o hyn ymlaen?' Mae Jonny'n sychu darnau o garibaldi gwlyb oddi ar ei siwmper.

'Dim secrets,' meddwn i.

Dydy Jonny ddim wedi gorffen.

'Reit. Mae rhywbeth gen i i ddweud wrthot ti. Dwi 'di bod eisiau dweud ers sbel. Ond o'n i ddim yn gwybod shwt. Ti'n gweld dwi mewn cariad. A ti'n nabod hi. Ti'n nabod hi'n dda iawn a dweud y gwir . . . Enw hi yw Lisa.'

'Lisa fy ffrind gorau i?!' Dwi wedi cael sioc.

'Ie.'

'Ers . . . ers pryd?'

Dwi'n cael hi'n anodd credu. Ond, dwi'n deall nawr pam roedd hi wedi stopio tynnu 'nghoes i. Pam roedd hi'n dweud bod gan Jonny ei fywyd ei hun. Roedd hi wedi ei fachu fe ei hun.

'Ni'n gweld ein gilydd ers wythnosau. Digwydd mynd i'r caffi. Dechrau siarad – amdanat ti i ddechrau achos rown i'n poeni, a wedyn . . .'

'Wel!' Dwi'n syn.

'Gobeithio bo dim ots 'da ti. Ni'n dau jyst yn ffrindiau agos. A'r noson o'r blaen do'n i ddim yn siŵr a o't ti'n meddwl amdana i fel –'

Dwi'n torri ar ei draws, cyn iddo ddweud y peth d'yn ni erioed wedi ei ddweud,

'Jonny, ffrindiau 'yn ni. Ti a Lisa? Dwi wrth fy modd! Wir i ti!'

A dwi'n ei gwtsho fe'n dynn, dynn. Pan 'yn ni'n gwahanu mae fy llygaid yn wlyb.

'Paid prynu het eto, Ann. Dwi'n confirmed batchelor ac mae Lisa'n joio bywyd gormod i setlo.'

Ond dim dyna pam dwi'n llefain. Dwi'n llefain achos mae hi'n ddiwedd un peth a dechrau rhywbeth arall. Dyna ydy stori bywyd.

*　　　　*　　　　*

Nawr, mae dau beth r'ych chi'n gwybod am Sexy Susan. Un. Dim Susan ydy ei enw e. Dau. Dyn ydy e.

'Sexy Steve?'

'Dwi ddim yn siŵr am y sexy,' mae'n dweud yn swil.

Ond dwi'n siŵr. Mae gan Steve wallt brown tywyll byr a stubble tywyll. Ac mae ganddo lygaid fel cnau sgleiniog. Mae'n ordro peint iddo fe a Martini a rhew i fi.

'Ond pam Sexy Susan?' Roedd yn rhaid gofyn iddo fe ar ôl dod dros y sioc.

'Ti'n meddwl y bydde menywod eisiau prynu dillad isaf oddi wrth ddyn?'

'Na, sbo,' cytunaf.

'Na. Dyw dynion yn gwybod dim! Dyna beth 'ych chi fenywod yn dweud!' Mae ei lygaid yn disgleirio'n ddireidus.

'D'yn ni ddim i gyd mor galed ar ddynion.'

Dwi'n chwerthin ac yna'n cario 'mlan i sipian Martini trwy'r gwelltyn. Mae'n croesi fy meddwl 'mod i'n fflyrtio am y tro cynta ers oes!

'Ti am joino fi am y pryd bwyd yna?' mae Steve yn gofyn ar ôl tipyn bach. Dwi'n oedi am eiliad fach. Ydw i am fentro?

'Man a man. Ni 'ma nawr. Ti'n gwybod beth ddywedodd rhywun un tro, d'ych chi ddim yn cael dim am ddim yn yr hen fyd 'ma.'

O'n i'n arfer meddwl bod dim byd yn y dywediad yna achos bod Lee yn ei ddweud. Nawr dwi'n gallu gweld bod rhywbeth ynddo fe. Glased yn hanner llawn. Y math yna o beth. Dwi'n edrych lawr. Mae 'nglased i'n hanner gwag. Felly, dwi'n ordro un arall.

'Dyw hi byth yn rhy hwyr i newid pethau,' dw i'n dweud wrth i Steve daro fy ngwydr i yn erbyn ei un e.

Ac am ryw reswm mae e'n edrych arna i trwy ei sbectol gyda'i lygaid caredig ac yn gwenu gwên ddigon cynnes i doddi'r rhew yn fy Martini.